LA MORSURE DU LOUP

SOUS LES AURORES BORÉALES
TOME 6

VIVIAN AREND

WOLF NIP / La Morsure du loup

Copyright © 2013 par Arend Publishing Inc.

ISBN : 9781990674105

Correction de la version originale par Anne Scott

Relecture de la version originale par Sharon Muha

Traduit par Murielle Clément et Valentin Translation

Conception de la couverture par Croco Designs

1

———

La queue de Tessa s'agitait.

Mince.

Elle rassembla sa concentration, se baissant plus près du sol, les muscles bandés et prête à se mettre en mouvement dans l'instant. Une profonde inspiration, puis une autre pour essayer de calmer sa nervosité. Ses instincts primaires lui criaient de se tortiller, de guetter. De s'assurer qu'elle était complètement hors de vue.

En même temps elle avait constaté que certains de ses instincts félins étaient un peu bancales.

Transformée en puma, son odeur était trop légère pour qu'elle la perçoive avant que le bruit de ses pattes ne résonne, mais quand elle entendit qu'il approchait, il était déjà trop tard. Un corps chaud s'écrasa contre elle et ils roulèrent ensemble de derrière la barrière où elle avait choisi de se cacher. Avant qu'il ne réussisse à la plaquer au sol, Tessa parvint à se libérer et s'enfuit.

Bon, il l'avait peut-être trouvée, mais il n'avait pas encore gagné. Elle sollicita la force de ses muscles félins pour filer à tout allure dans le dédale du gymnase.

Elle avait beau courir aussi vite qu'elle le pouvait, son poursuivant lui collait toujours au train. Littéralement au train, car il venait de lui de lui tapoter le derrière de manière ludique pour la troisième fois. Tessa abandonna. Elle bondit sur le rebord étroit le long du mur où elle s'était transformée au départ. Il ne lui fallut qu'un instant pour reprendre sa forme humaine et s'habiller avant de rejoindre son frère sur le sol du gymnase.

Tony aussi s'était transformé et avait enfilé pratiquement les mêmes jean et tee-shirt qu'elle. Sous sa touffe de cheveux blonds, il lui décocha un sourire détendu pour la taquiner.

— Je pourrais te dire que tu t'es mieux débrouillée cette fois-ci, mais je mentirais.

Tessa lui tira la langue.

— Un jour je gagnerai.

— Dans tes rêves. Je suis le roi des félins, et personne ne prendra ma couronne.

Elle leva les yeux au ciel et émit de petits cris étouffés.

Tony lui tordit le nez.

— Accepte-le, mince, tu es douée pour autre chose que les jeux du chat et de la souris.

Voilà l'occasion qu'elle attendait.

— Bien. Alors en parlant de compétences, te souviens-tu que j'ai besoin de ta signature sur le document pour la banque ?

— Et toi, te souviens-tu que je t'ai dit que tu étais cinglée ?

Tessa noua ses cheveux en une queue de cheval, et résista à l'envie de lui tirer la langue à nouveau.

— Tu l'as dit tellement souvent depuis tant d'années que j'imaginais que c'était une façon de dire *Hé, frangine, tu assures*. Tu n'as pas vu l'endroit, Tony, c'est incroyable. Tout à fait le type d'établissement que je souhaite gérer. La situation est superbe, et le coin appelle à l'éco-tourisme, ce que tu sais aussi bien que moi...

— Arrête ! Pas encore ton truc à propos de l'éco-tourisme ! s'écria Tony.

Il se boucha les oreilles et grogna en feignant de souffrir.

Tessa bondit, attrapa ses avant-bras et libéra ses mains.

— Éco éco éco éco...

Ils rirent ensemble et elle sut que tout irait bien. Depuis qu'elle avait obtenu son diplôme, elle essayait de trouver un boulot à la hauteur de ses compétences. Le mal de mer l'avait empêchée de travailler pour l'affaire familiale de croisières pour métamorphes, mais son voyage dans le nord lui avait été profitable.

Lorsqu'elle avait aperçu cette bâtisse unique nichée entre les arbres, elle avait presque sauté à la mer d'excitation. Elle avait besoin d'un peu plus d'argent pour lancer son projet et son frère détenait la solvabilité nécessaire pour sa mise en œuvre.

Il était prêt à investir en elle.

Tony les mena dans le couloir vers la cafétéria.

— C'est signé, scellé. J'ai fait des pieds et des mains. Et oui, je dois admettre que le côté éco-tourisme était l'argument de vente. Je t'épaulerai pour ça, Tessa, mais je t'en prie, si tu as besoin d'aide, demande-moi ! Tu n'es pas obligée de le faire toute seule.

— J'en suis capable. J'ai le bagage universitaire et l'expérience. Bon sang, j'ai même eu mon diplôme avec de meilleures notes que toi.

Il haussa les épaules.

— Tu es futée, je dois le reconnaître. Mais, ma fille, tu parles de l'Alaska. Nous avons un ponton d'escale dans la zone portuaire pour les bateaux de croisière, mais il n'y a pas beaucoup de fiertés par là-bas. Tu vas être la seule chatte alentour.

Elle s'arrêta net.

— J'hésite entre te prendre dans mes bras et te donner une tape derrière la tête pour te montrer aussi concerné. Aurais-tu des préjugés, Tony ? Je ne l'aurais jamais pensé, pas avec tous les amis que tu as dans toutes les meutes de loups du coin et...

— Ce n'est pas ce que je veux dire.

Tony la tira en avant et elle se laissa faire de bonne grâce, même si elle était curieuse de voir comment il allait se tirer de ce mauvais pas.

— Les métamorphes sont chouettes, et je me fiche de quelle espèce ils sont. Mais la réalité, c'est que nous voyons les choses différemment. Tu le sais parfaitement.

— Ouais. Je me transforme en puma. Ma meilleure amie Keri se change en louve, eh oui ! Différents, c'est ça ? Tu as d'autres évidences à partager avec moi, grand frère ? Parce que c'est très enrichissant !

— Arrête d'être chiante !

— Toi, arrête d'être chiant, point final. Qu'essaies-tu de dire ?

Tony se laissa tomber dans une des chaises en plastique de la cafétéria qui grinça sous sa masse musculaire.

— Bien. Des loups. Une meute. L'Alaska regorge de loups qui pourraient se montrer très territoriaux si un félin s'immisçait parmi eux. Tu es douée avec les gens, Tessa, mais les loups peuvent être compliqués. Surtout quand ils n'ont pas de concurrents en ville.

Elle agita les doigts.

— Peuh. J'ai rencontré leur grand manitou. Il est super sympa. Et Keri est la partenaire d'un membre de la meute de

Granite Lake, alors je suis déjà une cousine éloignée. Il n'y aura pas de soucis. Vraiment. Je promets de ne pas me déchaîner ou de créer des problèmes, même si c'est très tentant.

Tony haussa un sourcil.

— Une ville remplie de canidés et tu ne ressens pas la moindre envie de causer de tort ?

Elle pouvait mettre toutes les idées folles qui lui passaient par la tête sur le compte d'un instinct déficient qu'elle s'efforçait de corriger.

— Bien sûr que non, je suis adulte. C'est ma carrière et je suis capable de réprimer quelques envies pressantes.

Une expression folle s'afficha sur son visage, alors Tessa leva brusquement une main en l'air. Oh non, hors de question qu'ils s'engagent sur ce terrain-là.

— Ne fais pas ça. N'espère même pas me donner des conseils en ce qui concerne mes autres urgences. Je ne t'écouterai pas. Je ne t'écouterai pas. Tu n'existes pas... bla bla bla.

Tony soupira.

— Tu es un félin.

— Tu es tellement agaçant.

— Ce sont des loups.

Tessa chiffonna sa serviette et la lui lança au visage.

— Alors qu'as-tu prévu pour l'année prochaine ? Travailler sur trois croisières ? Prendre un peu de repos en automne et partir à l'aventure ?

Son frère la fixa avec tant d'insistance qu'elle aurait juré avoir entendu les engrenages de son cerveau grincer, mais il fut assez intelligent pour changer de sujet et parler de ses plans d'avenir.

Car peu importait que les métamorphes soient à l'aise pour parler de sexe, mais parler de bruits de matelas avec son frère ne figurait certainement pas sur la liste des choses qu'elle souhaitait faire.

En plus, elle avait déjà réfléchi au point qu'il avait voulu soulever. L'endroit qu'elle voulait acheter se trouvait à la périphérie de Haines, et les loups étaient bien établis dans la communauté du nord. Les loups, comme tous les métamorphes, adoraient les jeux sexuels, cependant ils étaient plus territoriaux et possessifs que les félins, au lit et en dehors.

Les chats, les ours et les autres métamorphes choisissaient des partenaires quand l'heure était venue. Les loups suivaient une sorte de fouillis mystique et tombaient *in Looouve* quand leur côté animal sentait la bonne personne. Ce qui... berk. Juste berk.

Enfin, peut-être pas *berk*, ça avait fonctionné pour son amie, mais il était hors de question qu'elle se case déjà. Elle ferait en sorte de satisfaire toute sorte d'urgence coquine pendant ses ébats avec les humains. Ou avec des visiteurs dans le coin. Ou encore ses petits amis à piles, la liste des possibilités était infinie.

À ce stade de l'aventure il s'agissait d'établir un haut lieu de villégiature dans le nord. Et le sexe, même si c'était toujours agréable, n'était qu'une faible priorité sur sa liste. Tessa hocha la tête pour elle-même, heureuse d'avoir réglé ça.

Elle reporta son attention sur son frère et tenta de ne pas laisser ses rêves éveillés fantaisistes, à propos du nouveau lieu de villégiature, la distraire.

～

MARK WEAVER FIXA avec consternation son patron de l'autre côté de la table.

— Mais...

— Je suis désolé.

— Je ne suis là que depuis deux mois.

L'homme plus âgé soupira.

— Ce qui, si l'on suit les règles, signifie que comme nous arrivons en basse saison et que je vais devoir me séparer de personnel, tu es le premier sur la liste.

Mince.

— J'aimais ce boulot. Et j'ai travaillé dur. Et...

— Mark, s'il te plait, ne rends pas ça plus difficile que ça ne l'est déjà, dit M. Remy en faisant glisser l'avis de licenciement devant lui. Tu es un bon employé, mais je ne peux payer que deux pleins-temps pendant l'hiver.

Double mince.

Mark acquiesça d'un hochement de tête.

— Je comprends.

— Si tu cherches du travail au printemps, je serai ravi de te réembaucher. Et je t'ai écrit une lettre de recommandation.

Une fine enveloppe rejoignit ses documents de licenciement sur le plateau de la table.

— Si je peux t'aider à obtenir un travail, dis-le-moi.

Mark serra la main de l'homme et récupéra ses affaires, puis il s'enfuit dans le soleil frais de la fin août. Eh bien, c'était un revirement amer et inattendu. Il sauta sur son VTT et réfléchit où il voulait finir cette superbe journée, pourtant désagréable.

Un peu d'exercice intensif et physiquement épuisant l'aiderait. Au moins son corps serait en adéquation avec son état d'esprit actuel. Avec ce revirement de fortune.

Au lieu de rentrer à la maison, il se dirigea de l'autre côté de la ville vers la maison de la meute de Granite Lake. Peut-être qu'il y aurait quelques autres membres qu'il pourrait convaincre de se joindre à lui pour une balade dans la campagne. Quelque chose qui puisse lui faire oublier qu'une fois de plus il était sans emploi, sans attaches et malheureux.

La vie craignait. Vraiment.

Ce n'était pas comme s'il voulait pointer du doigt et imputer la faute à d'autres pour se sentir plus heureux. Il n'avait seulement pas de chance. Ses études ne lui avaient pas permis d'obtenir un boulot. Il se faisait coiffer au poteau chaque fois qu'il trouvait un travail. D'accord, pour être sincère il avait tout gâché à plusieurs reprises, mais en général on le considérait comme un bourreau de travail, comme un gars génial... mais on lui montrait quand même la porte.

Il n'allait pas devoir dormir dans la rue, l'héritage familial y veillait. Non, avoir un toit au-dessus de sa tête n'était pas le problème, même si la maison était devenue un peu comme un piège. Il ne pouvait quitter Haines sans perdre l'avantage d'un logement gratuit. Il ne pouvait la vendre et utiliser les fonds pour s'installer autre part. La bureaucratie et toutes ses clauses étaient frustrantes, rien que ce matin il avait reçu un rappel de la situation chaotique de son logement.

La proposition bien formulée de vendre son unique habitation à un promoteur de B&B d'éco-tourisme. Une idée fantastique si elle n'était illégale, et donc impossible.

Sans parler qu'il y avait aussi son grand-père.

Il mettait à manger sur la table, il n'était pas fainéant, ou trop fier pour accepter n'importe quel CDD pour que l'argent continue de rentrer, mais un vrai boulot ? Du style où il pourrait faire carrière ? Hors d'atteinte comme les aurores boréales une journée d'été.

Il appuya son vélo contre le mur de la maison de la

meute et entra sans se presser dans la salle commune où l'odeur des cookies frais le fit saliver. Moins d'une douzaine de loups étaient rassemblés dans la pièce, se relaxant dans des fauteuils à lire, deux membres plus âgés s'affrontant dans une partie d'échecs.

Missy, l'Oméga de la meute, fit irruption dans la pièce les mains chargées de biscuits et il se précipita pour l'aider.

— Loin de moi l'idée de me plaindre, mais pourquoi pâtisses-tu ?

Elle sortit et secoua ses boucles blondes alors qu'il lui prenait un plateau des mains.

— J'ai promis à Tad de rester à la maison de la meute aujourd'hui, alors tant qu'à être ici, autant être productive.

Mark fit passer les biscuits dans la pièce en réfléchissant à ce qu'elle venait de dire. C'était un des aspects les plus chouettes dans la meute de Granite Lake, même les membres de la direction étaient présents et investis. Missy et son partenaire Tad étaient occupés avec leur petite famille, pris par leurs propres boulots et prenaient soin de la meute de manière omniprésente, et tout en petites attentions comme un Oméga métamorphe-loup ; cependant, ils n'arrêtaient jamais de faire ce qui était nécessaire.

Bien sûr, le temps qu'il fasse le tour de la pièce et dépose le reste des biscuits sur la table, Missy était assise dans un fauteuil d'un côté de la pièce à l'attendre.

Mince. Il aurait dû savoir qu'il ne pourrait pas éviter un petit tête-à-tête. Il se posa dans le fauteuil près d'elle et se demanda combien de temps il pourrait retarder son sermon, ou son interrogatoire, ou quoi qu'elle ait prévu.

— Tes enfants sont où ?

Missy secoua un doigt devant son visage.

— N'essaie même pas, mon gars.

Mark gloussa. Bon. Combien de temps.

— Sérieusement, je suis curieux.

— Oublie mes enfants. Pourquoi es-tu à la maison de la meute à cette heure de la journée, et avec cette expression, jeune homme ?

— Tu préfères ce visage ? demanda-t-il en fermant un œil et en faisant la grimace. Ouille, on m'a remis mes papiers de licenciement. Sur la planche et saute à l'eau, matelot !

— Oh, Mark. Je suis désolée. Je croyais que tu t'amusais à l'usine, dit Missy en s'enfonçant dans son fauteuil, pleine d'empathie.

— La saison creuse approche. Tu sais comment c'est. Ne t'inquiète pas, tout ira bien. Je trouverai un nouveau boulot bientôt.

Elle hocha la tête lentement.

— Tu trouves toujours. Ce n'est pas le problème, cependant...

Mark prit une autre bouchée de son cookie et patienta. De toute évidence, elle voulait lui parler de quelque chose. Il regarda par la fenêtre et calcula l'itinéraire qu'il pourrait essayer en vélo après cette petite discussion. La piste noire ? Ses cuisses allaient hurler de douleur.

Hurler lui ferait du bien.

Un léger contact sur le genou ramena son attention vers Missy qui l'observait attentivement.

Il se força à se focaliser.

— Tu peux en prendre un de plus, mais pas le plus gros, répondit-elle en secouant la tête.

— Quoi ?

— Je t'ai demandé si tu avais déjà pensé à lancer ta propre affaire ?

Il ressentit une poussée d'adrénaline. Parmi tout ce

qu'elle aurait pu dire, cela figurait sur la liste des choses les plus inattendues.

— Euh, non.

— Parce que tu ne... quoi ? Tu ne penses pas en être capable ? Tu ne veux pas les responsabilités que cela implique ?

— Bien sûr que non. Je veux dire, je n'y avais jamais pensé, tout simplement.

Elle avait réussi à effacer toutes les pensées pessimistes de son esprit et les remplacer par une certaine confusion.

— Qu'est-ce qui te fait suggérer ça ?

Elle haussa les épaules.

— Eh bien, depuis que je traine avec la meute, je t'ai vu assurer dans tout un tas de boulots. Pendant des périodes variables, soit, mais ils semblaient tous avoir en commun le côté « homme toutes mains ». Donc je me demandais pourquoi tu n'as jamais monté ta propre affaire pour proposer les mêmes prestations sous ton nom.

Mark sentit une douleur dans la mâchoire et en déduisit qu'il venait de heurter le sol en ouvrant la bouche en grand.

Missy poursuivit.

— Même si tu avais quelques périodes creuses, tu pourrais te faire plus d'argent pendant la saison pleine qu'en travaillant pour quelqu'un d'autre.

Sa bouche devint sèche.

— Il faudrait que tu gères les côtés légaux et financiers, bien entendu, mais...

Quoi qu'elle compte rajouter fut étouffé par son bras lorsqu'il sauta, bondit sur son fauteuil et la prit dans ses bras pour lui donner une accolade digne d'un ours.

— Tu es géniale.

Lorsqu'il la relâcha, elle lui tapota la joue.

— C'est ce qu'on dit. J'imagine que ça veut dire que je t'ai aidé ?

— Tu l'as dit !

Des idées lui traversaient l'esprit. Il ne cherchait plus à chasser ses idées noires.

À présent il fallait qu'il rentre chez lui et élabore des plans.

— Tu m'en veux si je me sauve ?

Elle sourit.

— Vas-y. Je ne me mettrai jamais en travers des progrès d'un homme.

Il s'arrêta près de son vélo et fouilla dans ses poches. Il aurait juré avoir fourré la lettre ici après l'avoir lue ce matin.

Sa lettre de recommandation. Ses papiers de licenciement. Une vieille liste de courses. Enfin, celle qu'il cherchait.

Une enveloppe de très bonne qualité contenant la lettre qui l'avait fait rire pendant son petit déjeuner. Une offre sortie de nulle part pour acquérir sa maison. L'acheteur potentiel n'était pas au courant des clauses qui rendaient ses plans impossibles.

Pourtant, s'il apportait quelques ajustements à l'offre, peut-être trouveraient-ils un terrain d'entente. Il ne pouvait pas vendre, cependant il trouvait que son habitation ferait un super B&B.

Le Mark Weaver généralement sans emploi était prêt à devenir Mark Weaver, coordonnateur en chef de la maintenance et de l'hôtel. Et il n'aurait même pas besoin de quitter chez lui pour le faire.

2

Une mèche rebelle lui frappa le visage jusqu'à ce que Tessa la coince derrière une de ses oreilles. Elle scruta le rivage qui approchait. Elle avait choisi d'arriver par l'océan, de Skagway à Haines, au lieu de conduire pendant six heures depuis Whitehorse. Non seulement ça raccourcissait le trajet, mais en plus cela lui donnait la possibilité de voir cette maison spectaculaire sous un autre angle.

Même si elle ne ressentait pas la houle sur le ferry, elle ne contenait ses haut-le-cœur que par un fil. Le mal des transports lui rendait difficile de rester sur le pont, mais elle voulait une confirmation de plus que son idée était plus qu'un fantasme fou.

Elle fourra un chewing-gum dans sa bouche et mâcha rapidement pour penser à autre chose. Rien n'avait été finalisé, mais elle avait pris sa décision. Elle était déterminée à lancer un B&B à Haines, quelque part. Son premier choix en termes d'emplacement restait numéro un sur sa liste. En espérant que rencontrer Mark Weaver en personne contribuerait à atténuer les obstacles qu'elle avait rencontrés.

Son email, en réponse à sa proposition d'acheter sa maison, l'avait surprise. Ce n'était pas un non catégorique, ce qui était positif, mais elle ne s'était pas attendue à une réponse en demi-teinte. Elle savait très bien qu'il ne fallait pas refuser d'emblée sa contre-proposition. En affaires, les meilleures idées passaient toujours par quelques modifications avant de trouver une solution sur laquelle travailler ; alors elle avait fait ses valises, pris le taureau par les cornes, et patati et patata, puis avait organisé un voyage pour régler les détails d'une manière ou d'une autre.

Le ferry contourna la pointe et la vue changea. Tessa agrippa le bastingage à deux mains et se pencha en avant, désireuse d'apercevoir sa cible.

Ici, la portion nordique du Passage intérieur du Pacifique s'ouvrait sur une large baie où s'étendait la ville de Haines sur le centre gauche de la côte. Le port se situait en bas, des maisons et des bâtisses s'élevant en couches régulières sur la pente douce de la montagne. Des traces de civilisation perçaient à travers les arbres longeant les routes qui serpentaient dans la vallée jusqu'au col de la montagne. En prenant cette route, les automobilistes finissaient par arriver au carrefour et à l'embranchement menant, soit à Whitehorse, soit dans l'espace immense des terres d'Alaska.

Sa cible se trouvait plus à l'est. La ville continuait de s'étendre en une fine ligne le long de l'étroite route nationale, jusqu'à Chilkoot Lake, destination en automne de centaines de saumons remontant pour la ponte. La jolie petite rivière qui descendait du lac étincelait sous les rayons du soleil comme un signal lumineux. Elle regarda à droite, et aperçut sa cible qui surgissait.

L'immense bateau à roues à aubes était logé de travers

par rapport aux flots. Il aurait dû sembler ne pas être à sa place, ainsi posé entre les arbres, pourtant on avait l'impression que le bateau continuait de remonter la rivière, la dense forêt nordique de chaque côté s'étendant lentement comme si le navire transportait fret et passagers vers de lointaines destinations.

Tessa posa son menton sur ses mains et sourit. Il y avait un pont qui faisait intégralement le tour du premier étage, comme dans son souvenir. Ce serait idéal pour des zones de détente privatives pour les cabines qu'elle transformerait en cabines grand luxe. Le deuxième étage était doté d'un pont arrière surélevé où elle établirait ses appartements, tandis que l'avant offrait une zone vitrée impressionnante qui deviendrait la pièce maitresse du B&B.

À présent elle arrivait à l'imaginer : une longue table à manger commune sur la droite, des fauteuils et sièges confortables posés autour de l'énorme cheminée qu'elle aurait fait bâtir au fond de la pièce.

Il y aurait des couchettes et des salles de divertissements aux étages inférieurs, ainsi que tous les équipements dont on pourrait rêver. Tessa se surprit à sautiller tandis que les idées la submergeaient.

Ça allait être fantastique, elle avait tellement hâte.

Le bateau à roues à aubes disparut derrière une pointe littorale et Tessa regagna sa voiture. Il était temps d'aller de l'avant avec ses plans, à plein régime, et tout le tintouin. Elle ralluma son téléphone et parcourut ses messages en attendant que le ferry n'accoste et commence à décharger. *Tony, Tony, ses parents, un ex, un autre gars. Un autre. Son frère. Un autre rencard récent.*

Sans hésiter, elle effaça tous les messages sauf ceux de sa famille. Des amis mecs c'était sympa, mais il n'y avait que peu d'intérêt à garder le contact avec les hommes de chez elle. Haines allait être son nouveau terrain de chasse, même si elle allait faire attention à ne pas utiliser cette formule avec quiconque ne connaissait pas, ou n'aimait pas l'humour de métamorphe chat.

Keil Lynus. Voilà un nom qu'elle espérait voir. Elle appuya sur le rappel automatique et patienta, tapotant ses ongles manucurés sur le volant au rythme de la sonnerie.

— *Bonjour, Keil à l'appareil.*

— Tessa Williams. Nous nous sommes rencontrés en juillet, je suis l'amie de Keri Smith.

Il ricana.

— *Je me souviens. Comment ça va depuis que vous vous êtes mise en cale sèche ?*

Sympa.

L'Alpha de la meute de Granite Lake avait de l'humour.

— J'ai vendu mon voilier et j'ai retiré le tour du monde en solitaire de ma liste des choses à faire.

— *Ça me parait une bonne idée. Comment puis-je vous aider ?*

Tessa démarra et suivit la queue des voitures sortant du ferry.

— Deux choses. Premièrement, vous êtes un loup et moi une féline, mais je pensais de bon ton de vous prévenir que je m'installais en ville.

Il y eut un court silence avant qu'il ne réponde.

— *Pas de problème. Granite Lake est assez progressiste. Je suis certain que personne de la meute ne vous embêtera. Si qui que ce soit vous causait du tort, appelez-moi et je m'en occuperais.*

Sa voix grave et éraillée provoquait des frissons le long de sa colonne vertébrale. Diantre, dommage que cet homme était déjà pris. C'était un métamorphe hyper sexy, mais elle savait très bien qu'il ne fallait pas se frotter avec un loup en couple. Elle raya mentalement son nom et revint en mode travail.

— Je savais que je pouvais avoir confiance en vous, je l'ai dit à mon frère.

— *Il s'installe ici aussi ?*

Avait-elle perçu une pointe d'inquiétude ? Plus d'un félin entrant en scène cela changeait-il les choses ?

— Oh non. Tony pensait que le fait d'être la seule féline pourrait susciter certaines préoccupations... ou ai-je tort ? Existe-t-il une fierté à Haines dont je n'aurais pas entendu parler ?

Keil éclata de rire.

— *Je pense que Haines est trop perçue une communauté de passage pour qu'une fierté s'y installe. De temps en temps un puma, un lynx ou un cougar passe l'été ici, mais si on considère que beaucoup des boulots à mi-temps dans le coin sont liés à l'eau...*

— Pouah !

Il avait raison, ça poserait problème à la plupart des félins. Elle tourna pour prendre la route menant au bateau à roues à aubes et conduisit jusqu'à l'extrême limite.

— D'accord, pas de fierté. Ça va, je me fais facilement des amis.

— *J'en suis persuadé.*

Oui, à présent il était amusé. Tessa l'ignora. Les loups se prenaient beaucoup trop au sérieux parfois.

— *Y avait-il autre chose ?*

Le sujet le plus important, à présent.

— Vous gérez Maximum Exposure, pas vrai ? Circuits d'aventure, randonnées, des trucs comme ça ?

— *C'est exact. Ces prochaines semaines nous n'avons qu'un circuit sur un glacier de prévu, mais si vous êtes intéressée...*

Tessa rit et l'interrompit aussi vite que possible.

— Attendez, ce n'est pas pour moi. Du moins, pas tout de suite. Je vous demande ça car j'ai une proposition professionnelle à vous faire. Je prévois d'installer un B&B et je souhaiterais proposer des excursions aux touristes. Plutôt que d'embaucher mon propre guide et vous voler des réservations y aurait-il un moyen que nous travaillions ensemble ?

Il ne répondit pas immédiatement, mais lorsqu'il le fit, il ne parlait plus comme un adulte taquinant un enfant.

— *C'est très attentionné de votre part de le proposer. Il faudrait que nous nous rencontrions de manière plus formelle afin d'entendre ce que vous envisagez, mais cela pourrait être d'une grande aide pour nous deux.*

Je t'ai eu. C'était une de ses plus grandes préoccupations et elle pensait que c'était sur le point d'être réglé.

— Mon père dit toujours qu'il ne sert à rien de refaire ce qui a déjà été fait. Maximum Exposure a une réputation sans tache. J'adorerai vous rencontrer quand cela vous conviendra.

— *Je vérifierai dans mon agenda. Auriez-vous une adresse email où je pourrais vous contacter ? Je vous enverrai une liste d'information dont j'aurais besoin.*

Elle lui donna son adresse, ralentissant pour admirer la maison qui se trouvait à présent de l'autre côté de la route.

— Je doute d'être prête avant le printemps, alors ce n'est pas très urgent, mais j'ai hâte d'avoir de vos nouvelles.

Keil raccrocha et Tessa se concentra pour trouver un endroit où se garer. Encore une chose à ajouter sur sa liste des choses à faire. Un parking pour le B&B, car aujourd'hui il n'y avait de la place que pour deux voitures, et elle était très *très* proche du pare-chocs de la voiture devant elle.

Elle se glissa hors de l'habitacle, pressée de visiter les alentours.

~

MARK GRIFFONNA PLUS DE CHIFFRES, la table qu'il avait réquisitionnée était couverte de bordereaux. Lorsque le promoteur écologique arriverait demain, il serait prêt pour la séduire avec son plan. Tellement prêt qu'il ne pourrait ignorer le côté attractif de la proposition.

Oh Seigneur, faites qu'il réalise comme cette idée est géniale. Si l'alternative était de créer un service de dépannage, travailler à la maison serait mieux pour beaucoup de raisons.

Un long sifflement appuyé résonna au fond de la pièce. Mark leva les yeux et aperçut son père qui regardait par la fenêtre, les deux mains contre la vitre, à observer attentivement vers la route.

— Qu'y a-t-il, papy ?

— Il y a quelqu'un contre ton pare-chocs. Encore une touriste égarée, je parie. Je vais aller lui indiquer le chemin.

Papy Josiah passa sa main dans ses cheveux avant de lisser sa chemise. Il avança d'un pas traînant vers la cage d'escalier.

C'était trop bizarre. Mark se leva de sa chaise et traversa la pièce pour s'approcher du vieil homme.

— Que veux-tu dire par lui indiquer le chemin ? N'est-ce pas ainsi que tu me suggères de descendre pour... Oh la vache !

D'accord, maintenant il savait pourquoi son grand-père voulait prendre l'escalier. La femme la plus superbe qu'il avait jamais vue se tenait près de sa voiture, ses longs cheveux blonds flottant dans la brise. Elle portait un pull bleu brillant qui mettait en valeur ses courbes et un pantalon ajusté qui soulignait le galbe de ses hanches quand elle se tourna vers l'eau.

Il aurait collé son visage contre la vitre pour mieux voir, mais son papy était là. Au lieu de cela, Mark feignit l'indifférence.

— Tu as raison, ce doit être une touriste perdue. Je vais m'occuper d'elle.

— Demande-lui si elle veut rester jusqu'au dîner. J'aime avoir de la compagnie, dit papy qui était revenu à la fenêtre.

— Je croyais que tu allais manger à la maison de la meute.

Papy sourit.

— Si elle reste, alors moi aussi.

Mark éclata de rire.

— Espèce de Casanova. Comporte-toi bien, vieillard.

Son grand-père agita la main d'un geste rapide.

— Ah, tu sais je plaisante. Mais, il n'y a rien de tel qu'une jolie vue pour illuminer la journée d'un homme. Allez, va aider cette jeunotte.

Mark descendit les marches quatre à quatre, haletant légèrement lorsqu'il arriva au niveau inférieur dans l'entrée principale de la maison atypique. Il s'arrêta et jeta un coup d'œil dans le miroir près de la porte pour remettre de l'ordre dans ses cheveux. Parce que, eh bien, même s'il ne faisait que lui indiquer le chemin, ce n'était pas la peine de l'effrayer.

Il sortit et la fraîcheur de l'automne l'enveloppa.

Chez lui. Le seul foyer qu'il ait jamais connu. Il connaissait et aimait les saisons dans le nord, même l'hiver. Les jours froids et les nuits longues à venir ne l'effrayaient pas. Pas s'il savait son papy heureux et qu'il y avait à manger sur la table.

Honnêtement, il était un homme simple avec des besoins simples.

Il lui fallut un moment pour repérer la femme mystère. Elle ne se trouvait pas là où il s'y attendait. Étrangement, elle avait grimpé sur le coffre de sa voiture et, sur la pointe des pieds, elle examinait sa maison.

Mark n'avait jamais eu affaire à un voyeur de cet acabit. Il avança sur la pelouse.

— Salut. Je peux vous aider ?

Elle atterrit sur ses talons et son sourire l'éblouit. De grands yeux verts s'ancrèrent aux siens et quelque part au fond de lui son loup se réveilla en grognant.

— Êtes-vous Mark Weaver ?

— En effet.

Elle claqua des mains et se mit littéralement à sautiller, faisant trembler toute la voiture.

— Fantastique. Je suis Tessa, et je suis tellement heureuse de vous rencontrer.

Tessa. Il ne reconnut pas le nom, mais il accepta spontanément sa main tendue pour qu'il l'aide à descendre du coffre.

Seul son instinct le maintint en position verticale quand elle sauta avec légèreté et atterrit près de lui. Tout son être n'était qu'un amas de réactions spontanées, le loup en lui remontant à la surface et vraiment à deux doigts de hurler de plaisir. Le vent se prit à nouveau dans ses cheveux et les ébouriffa sur son visage. La brise apporta également son odeur jusqu'à lui et il saliva.

Son corps se pétrifia d'envie. Ses jambes tremblaient.

— Hum hum.

Mark sursauta et se reconcentra. Tessa se tenait devant lui, ses doigts mêlés aux siens, leurs corps se touchant presque. À un moment dans les dix dernières secondes, il avait baissé la tête vers son cou et l'avait humée un long moment.

C'était comme descendre une bouteille de tord-boyaux sauf que l'effet gueule de bois arrivait en même temps que l'ivresse.

— Mark, si ça ne vous dérange pas, je voudrais récupérer ma main.

Elle saisit son poignet et se dégagea de sa poigne.

Gêné et pourtant excité en même temps, Mark la lâcha et se força rester à sa place plutôt que d'avancer vers elle. Il devait exister un protocole dont il n'avait pas connaissance qui expliquait comment on était censé se comporter lorsqu'on rencontrait son partenaire pour la première fois.

Partenaire. Ouais, la seule et unique femme que le destin lui avait amenée pour devenir sa partenaire. Une fois qu'il aurait obtenu quelques détails mineurs, comme qui elle était, ils pourraient passer aux choses sérieuses. Comme la porter à l'intérieur et trouver un lit.

Elle coinça ses cheveux derrière son oreille et battit des cils, alors son cœur s'emballa. *Patience, Mark. Patience...*

— Tessa. Qu'est-ce qui vous amène à Haines ?

— Je suis ici...

Il voulait lui donner le temps de répondre. Voulait lui demander d'entrer. Voulait faire tout un tas de choses en fait, mais ce qu'il faisait c'était perdre le contrôle. Il s'approcha d'elle, posa sa main sur sa nuque et l'attira à lui pour pouvoir l'embrasser.

Quoi qu'elle ait prévu de lui dire se perdit lorsqu'il posa ses lèvres sur les siennes.

Le goût qu'elle avait ? Le nectar des dieux. Le contact de son corps contre le sien ? C'était comme s'il était mort et arrivé au paradis. Elle se lova plus près et sa poitrine frotta son torse. Le loup en lui le poussait un peu plus fort et il était incapable de résister à son élan, mêlant leurs langues jusqu'à manquer dramatiquement d'air.

Pourtant, l'idée d'arrêter était impensable.

Le loup en lui en voulait plus. Oubliée l'idée d'arriver jusqu'à la maison et dans une chambre, la bête voulait qu'il la soulève et enroule ses jambes autour de sa taille. Qu'il la mette le dos contre le coffre de la voiture et qu'il la prenne là, tout de suite. Qu'il la déshabille, qu'il se vautre dans son odeur et qu'il épice leurs ébats jusqu'à ce qu'ils soient tous les deux trop rassasiés pour bouger.

Le côté humain de Mark se dit que la plupart de tout cela était épatant également. Le désir le submergeait déjà tellement que même faire l'amour en public ne lui paraissait une *si* mauvaise idée.

Deux mains fraiches lui prirent ses joues brûlantes, Tessa parvint à décoller ses lèvres et à se tortiller jusqu'à ce qu'il puisse à nouveau voir son visage. Elle souriait, même si ses yeux étaient voilés d'une certaine confusion.

— Salut. Je crois que nous devrions tout reprendre à zéro. Je m'appelle Tessa Williams. Je vous ai envoyé une proposition pour acheter votre maison.

Le choc était un bon briseur d'ambiance. Une retenue glaciale l'envahit à nouveau.

— Vous êtes T. Williams ?

Elle se trémoussa pour s'arracher à ses griffes et lissa son pull.

— C'est moi. C'est un endroit magnifique. En revanche, nous devrons procéder à certains changements. Si ça ne vous dérange pas que je jette un coup d'œil. Je suis certaine que nous parviendrons à nous entendre.

Mark resta la bouche fermée. *C'était donc elle* la personne qui voulait acquérir sa maison ?

— Vous n'étiez pas censée arriver avant demain.

— J'avais trop hâte de voir cet endroit pour rester à Whitehorse pour la nuit. Nous pouvons attendre l'heure prévue pour notre rendez-vous si vous préférez.

Tessa sortit un petit miroir et un rouge à lèvres. Elle tapota ses lèvres d'une couleur rouge explosif et il fut tenté de se pencher et de la lécher. Il lutta contre le loup en lui jusqu'à ce qu'il se soumette.

Obstinée, la bête ne voulait pas parler. *Elle voulait prendre.*

Mark comprenait, mais...

— Pourrions-nous parler de la maison dans un instant ? Avant tout...

Le loup en lui insista à nouveau, mais cette fois-ci il ne fut pas trop distrait par le désir pour saisir le message. Il prit une autre inspiration, la regardant de la tête aux pieds. Analysant sa façon de se tenir, sa manière de bouger.

Tessa croisa les bras devant elle, ce qui ne fit que remonter ses seins parfaits un petit peu plus.

— Oui ?

— Je suis un loup.

Elle hocha la tête lentement.

— Je l'ai compris deux secondes après notre rencontre. Et c'est important... pourquoi ?

— Vous êtes une féline.

Une adorable moue se dessina sur ses adorables lèvres.

— Vous avez un problème avec ça ?

Mark secoua la tête même s'il se demandait comment cela pourrait jamais fonctionner.

— Vous êtes parfaite.

Elle éclata de rire avec légèreté.

— Merci, mais je ne suis pas certaine de comprendre comment nous sommes arrivés à parler de ça ?

Grands dieux ! Si elle avait été une louve, il n'aurait pas

besoin d'avoir cette conversation. Ils se seraient rencontrés et auraient su qu'ils étaient faits l'un pour l'autre. Dans l'état actuel des choses, le loup en lui continuait de faire les cent pas façon canis lupus, et c'était une sensation sacrément désagréable.

Il devait y avoir d'autres moyens d'approche, mais sa logique s'était détraquée dès qu'il avait senti son odeur. Les mots jaillirent comme des missiles à tête chercheuse.

— Le loup en moi me dit que vous êtes ma partenaire.

Tessa écarquilla les yeux.

— Oh, vraiment ?

Il hocha la tête.

— C'est la raison pour laquelle je vous ai assaillie là-bas. Le baiser et tout le reste.

— D'accord, je m'interrogeais à ce propos, répondit Tessa en le regardant et en haussant les épaules. Eh bien, c'est intéressant. Alors, voulez-vous que nous nous rencontrions pour mon offre aujourd'hui ou demain ?

Le désir le troublait et l'embrouillait.

— *C'est intéressant* ? C'est tout ce que vous trouvez à répondre au fait que je vous annonce que nous sommes partenaires ?

Elle haussa les sourcils.

— Non, *le loup en vous* a dit que nous étions partenaires. Le chat en moi dit que vous êtes plutôt mignon, mais nous ne choisissons pas de partenaires comme vous, les gars. Nous ne sommes pas du style truc instantané !

Il était sur le point de s'effondrer.

— Êtes-vous en train de dire que vous refusez d'être ma partenaire ?

— Êtes-vous en train de me dire que vous m'aimez ? coupa-t-elle sèchement. Genre, vous connaissez tout de moi. Mes espoirs et mes rêves. Ce qui me fait sourire et ce qui me fait pleurer et que vous voulez que nous passions le reste de nos vies ensemble parce que je suis votre moitié ?

Mark bredouilla avant de s'arrêter.

— Eh bien, non. Mais ça viendra. Ça vient toujours chez les loups.

Tessa s'approcha et posa une main sur son bras.

— Mais je ne suis pas un loup. Je veux être amoureuse avant de me mettre en couple avec quiconque. C'est important pour moi. Nous faisons un choix, nos côtés humains et animaux. Je ne veux pas être cruelle, mais je suis désolée. Nous ne sommes pas partenaires. Pas encore.

3

———

*E*lle se sentait horrible. Comme une grosse brute qui aurait volé le jouet préféré d'un enfant. Voir l'expression de Mark quand elle s'était écartée fut comme observer des nuages de pluie pointer le bout de leur nez et arroser un pique-nique.

Mais Seigneur. C'était important pour elle également.

Mark se recomposa, toussa plusieurs fois et prit une profonde inspiration, son nez se plissant immédiatement.

Oups, son odeur. Mince et mince.

— Mieux vaut ne pas refaire ça à côté de moi pendant un moment, suggéra Tessa.

Il hocha la tête et leva le bras.

— À défaut d'autre chose, passons à l'intérieur pour parler. Nous avons beaucoup de choses à discuter, et rester sur le bord de la route n'est pas l'endroit le plus confortable. Je peux vous faire visiter la maison.

Elle lui prit le coude. Sa main se serra sur son biceps et elle ne put que sourire en touchant les beaux muscles cachés sous sa chemise. Des épaules larges. Cette touffe de cheveux noirs qui criaient « passez-y vos doigts et ébouriffez-moi ». En plus, la longueur était parfaite pour les prendre à pleines mains : elle aurait quelque chose à attraper.

Et ses yeux ? D'une teinte chocolat noir avec une touche de... reflets dorés ?... sur les iris.

— Hum hum.

C'était à son tour de réaliser qu'elle le fixait sans bouger.

— J'étais juste en train de vous mater.

Il gloussa.

— Vous êtes vraiment directe. Vous aimez ce que vous voyez ?

— Oh, tout à fait.

De tous les gars qui auraient apparaitre comme par miracle et lui annoncer qu'ils étaient partenaires, elle n'allait pas se plaindre de l'apparence extérieure de celui-ci. Elle se hissa sur la pointe des pieds et écarta une mèche de cheveux rebelles de son front.

Un frisson traversa son corps de part en part.

— À l'intérieur ? Maintenant, s'il vous plait ?

— Bien sûr.

Elle calqua son pas au sien, lui laissant ouvrir la marche, tout en prenant des notes mentales des améliorations et changements à envisager. Il faudrait élargir l'allée et elle ajouterait quelques massifs de fleurs à gauche. Cependant, les panneaux en bois extérieurs de la coque étaient bien entretenus, fraichement repeints pour l'été si elle ne se trompait pas.

— Vous avez vraiment fait du bon travail pour entretenir l'endroit. Le bateau à roues à aubes semble en superbe état.

— Pour être honnête, l'extérieur est mieux que l'intérieur. Faire des réparations simples et remettre une couche de peinture c'est facile. Pour l'intérieur ? Eh bien, vous allez voir dans un instant.

Il ouvrit la porte et Tessa se glissa à l'intérieur avec impatience.

Un escalier monumental s'ouvrait devant elle, une vaste étendue de marches bifurquait de chaque côté d'un étage qui se profilait juste au-dessus de leurs têtes. Il y avait des rampes en chêne massif, des boiseries sur les murs et des lustres élégants en hauteur qui accrochaient la lumière du soleil qui passait par les fenêtres.

Elle serra les mains et se mit à sautiller. C'était exactement comme elle l'avait souhaité. Ce serait l'entrée principale. Les clients pourraient passer par ici.

Un léger contact sur ses épaules la ramena les pieds sur terre.

— Vous effrayez les moutons de poussière.

— Désolée, dit Tessa en se tournant pour le regarder en face, affichant sa joie en souriant. C'est magnifique. Qu'est-ce qui vous inquiétait à propos de l'intérieur ?

Mark désigna la droite, un couloir obscur ressemblant à l'entrée de catacombes secrètes.

— C'est le chaos dans les coins. Ma famille a utilisé cet endroit pour différentes choses, et à chaque fois ils faisaient tomber des cloisons ou en rajoutaient selon leur gré. Lorsque j'ai hérité, j'ai laissé tomber les deux niveaux inférieurs et me suis concentré sur la rénovation de l'étage comme je le souhaitais.

— C'est bien.

En fait, c'était génial.

— C'est mieux de faire les restaurations en fonction des besoins de toute façon. Puis-je faire le tour ?

Mark lui fit un geste pour l'inviter à avancer.

— Vous êtes chez vous.

Tessa le contourna en souriant lorsqu'il émit un *hmmm* d'approbation quand leurs corps se frôlèrent. D'accord, elle ne le connaissait pas encore, mais *faire connaissance* pourrait être très amusant.

Elle jeta un œil dans les pièces et derrière les colonnes. Les cloisons étaient étrangement agencées, mais il n'y avait pas de déchets empilés ou des tas de cartons. Ce n'était pas un accumulateur, ce qui était bon à savoir. Avec tout cet espace libre, ça aurait pu être tentant de le remplir jusqu'aux poutres de bric-à-brac.

Elle revint et le tira vers l'escalier.

— Le chaos c'est bien. Certains murs ne sont pas verticaux. Les poutres de support sont-elles solides ?

— Au niveau de la structure il est aussi parfait que le jour où il a été construit dans les années 1910. On l'a mis en cale sèche dans les années 1950.

En montant l'escalier son cœur s'emballa.

— On dirait un voyage sur le Titanic.

Mark éclata de rire.

— J'espère que non.

— Oh, je voulais parler de l'élégance. C'est tellement tellement joli.

Elle passa les doigts sur les épaisses boiseries et le bonheur l'envahit. Tessa lui tournait autour.

— Pouvons-nous parler affaires ?

— Passons à l'étage supérieur. Je vais nous préparer des boissons, puis nous pourrons discuter de votre proposition.

Elle était tellement focalisée sur ce qui pouvait être accompli dans cet endroit incroyable qu'elle avait perdu sa capacité à se concentrer.

— Bien sûr, désolée.

Mark lui prit le menton avec les doigts.

— Arrêtez de vous excuser. Ce n'a plus rien à voir avec une réunion professionnelle typique.

Sa main était chaude et le contact était très agréable sur sa peau.

— L'expression que vous affichez signifie-t-elle que vous prévoyez de m'embrasser à nouveau ?

Il se redressa légèrement alors qu'il était juste en train de se pencher plus près, probablement pour l'embrasser.

— Et voilà, vous êtes encore directe !

— S'embrasser ne me dérange pas, admit Tessa. Seulement, je pense que nous devrions d'abord passer en revue les détails de notre arrangement.

— Après nous pourrons nous remettre à nous embrasser ? Marché conclu, répondit-il en souriant de toutes ses dents. Oh, et attention, mon grand-père est à l'étage, il attend de vous rencontrer.

Eh bien, donc.

— C'était rapide. Comment avez-vous fait ? Vous l'avez téléporté pendant que j'explorais ?

Mark les mena à l'étage, les contremarches défilaient sous ses pieds tandis qu'elle tenait son bras.

— Il a dormi ici. Il a une chambre à la résidence pour personnes âgées, mais il adore venir ici quand il le peut. C'est à cause de lui...

Il s'interrompit, ce qui aiguisa sa curiosité. Cependant, avant qu'elle puisse lui poser plus de questions, des choses incroyables et scintillantes apparurent et captèrent son attention.

— Oh, Mark. C'est adorable !

Le dernier des trois escaliers s'ouvrait sur une pièce circulaire spacieuse au plancher vieilli et aux appliques dorées.

Les larges fenêtres du dernier étage du bateau à roues à

aubes dominaient l'étendue de la Baie de Haines où le sol reflétait sur l'eau comme un million de diamants.

Tout ce qu'elle avait prévu s'intégrerait parfaitement dans cet espace. La salle à manger irait là. Elle se tourna et sourit encore plus en apercevant la cheminée à bois déjà installée sur le mur nord et entourée de fauteuils douillets. Un couloir menait à l'arrière où elle imaginait que se cachaient les chambres et la salle de bains.

Même la cuisine était comme elle l'avait imaginée, avec des touches de cuivre et non d'or pour le fini. Deux fours de taille industrielle étaient fixés au mur, ainsi qu'un frigo géant et une gazinière qui avait suffisamment de brûleurs pour cuisiner à dîner pour deux douzaines de personnes sans ciller.

Elle posa les coudes sur l'immense îlot central et observa autour d'elle avec bonheur. C'était. Parfait.

Son regard se posa sur Mark et son expression se figea.

— Quoi ?

— Vous n'êtes même pas consciente de le faire, n'est-ce pas ?

— Faire quoi ? demanda Tessa en se redressant avant de le rejoindre.

Elle arrangea son col, épousseta un brin de poussière de son coude et se tourna pour regarder dehors...

Elle se figea lorsque Mark lui saisit un poignet. Il la maintint fermement et l'entraîna vers un des fauteuils douillets près de la cheminée.

— Vous vous êtes précipitée comme un derviche tourneur. Je crois que vous avez battu un record de vitesse en fonçant partout dans la maison.

— J'adore cette maison.

Il lui avait conseillé de ne plus s'excuser, alors elle

n'allait pas le faire, au lieu de cela elle se concentra sur le caractère incroyable de cet endroit.

— Vous avez fait du très beau travail ici.

— Merci. Pour la cuisine, c'est à cause de mes parents. Ils sont tous les deux chefs gastronomiques et c'était leur idée du strict nécessaire.

Oh, bien. Encore un point en sa faveur.

— Cela veut-il dire que vous savez cuisiner ?

Mark acquiesça d'un signe de tête.

— Plutôt bien.

— N'écoutez pas ses mensonges, jeune fille.

Un homme âgé surgit d'une porte du couloir. Il avança vers eux, ses cheveux poivre et sel contrastaient avec le brun de sa peau tannée.

— Mon petit-fils est un cuisinier merveilleux. En revanche je suis celui qu'il faut appeler pour s'occuper du barbecue.

Elle accepta la main qu'il lui tendit et la serra avec fermeté.

— Enchantée de vous rencontrer, monsieur. Je suis Tessa Williams.

— Mon grand-père, Josiah, dit Mark.

Il dansa d'un pied sur l'autre, ce qui était étrange pour un homme de sa carrure.

— Je vais juste... ahhh, chauffer de l'eau pour les boissons chaudes.

IL ÉTAIT ARRIVÉ à un stade où il devait s'enfuir et faire quelque chose d'idiot comme préparer du thé, ou bien Tessa aurait fini dans ses bras. Elle avait été parfaitement claire, leur situation ne se déroulerait pas comme prévu.

Bon sang. Mince. Merde.

Mark ouvrit le congélateur, mais résista à l'envie d'y fourrer la tête, et opta plutôt pour laisser la fraicheur glacée inonder sa peau brûlante et l'apaiser un peu.

Sa partenaire ne voulait pas le voir. Enfin, peut-être n'était-ce pas exact. Elle lui avait rendu son baiser assez fougueusement. Elle l'avait regardé avec une expression plutôt heureuse, alors il y avait de l'espoir, même si plus ténu qu'il aurait aimé.

En ce moment, il préférerait qu'ils se retirent tous les deux dans la suite parentale pour essayer les ressorts du matelas. Mais, papy...

Papy était un loup. Il comprendrait.

Mais non, au lieu de répondre à l'appel ardent qui embrasait la moindre cellule de son corps, il trainait dans la cuisine en écoutant le son mélodieux de sa voix tandis qu'elle parlait avec papy.

Tessa éclata de rire et son corps réagit.

Il regarda de l'autre côté de la pièce et réfléchit aux choix qui s'offraient à lui. Elle paraissait sérieuse quand elle parlait de patienter. Comment diable y parviendrait-il alors que le loup en lui s'activait et lui donnait envie de sortir de son corps ? D'enlever ses vêtements, de se rouler dans sa fourrure, à défaut d'autre chose.

Il attrapa son téléphone sur la table où ses documents de travail étaient éparpillés et se glissa vers la porte du balcon.

— J'en ai pour un instant. Papy, si tu veux lui faire visiter le reste de l'étage, je t'en prie.

Mark n'attendit pas qu'ils répondent, il se contenta de faire glisser les portes-fenêtres et s'éclipsa à l'air frais. Il s'enfuyait loin de son odeur dans l'espoir de parvenir à se contrôler un petit peu plus.

Ce ne devait pas être la première fois que quelqu'un

avait reniflé une partenaire inhabituelle. Il était au courant d'au moins un autre membre de la meute. Il tapa le numéro qu'il connaissait et patienta, une main sur la balustrade en aspirant l'air frais de l'océan.

— *Hey. J'ai appris que tu avais été viré.*

TJ Lynus était des loups de la meute de Granite Lake et un vrai bon gars.

— *Tu veux noyer ton chagrin ce soir ? Pam travaille de nuit. J'ai la permission pour faire la bringue, façon de parler.*

Avec tout ce qu'il avait en tête, Mark avait oublié qu'il avait été lourdé.

— C'était il y a quelques jours. C'est de l'histoire ancienne, et je ne suis même pas le moins du monde bouleversé. En revanche, j'ai quelque chose d'important à te demander. Ça concerne Pam.

— *Vraiment ?*

Bien qu'ils soient au téléphone, l'attitude nonchalante de TJ s'évanouit et il devint protecteur.

— *Qu'as-tu besoin de savoir sur ma partenaire ?*

Bon sang, comment allait-il poser la question ? Mark ricana. Peut-être aurait-il dû en prendre de la graine sur la franchise totale dont Tessa avait fait preuve.

— Pam est humaine. Quand tu l'as reniflée et que tu as su que c'était ta partenaire, as-tu... ?

Il savait déjà ce que TJ avait fini par faire pour convaincre la jeune femme que les loups-garous existaient. Cette histoire était aujourd'hui une légende au sein de la meute.

— *Que ne me dis-tu pas ? As-tu trouvé ta partenaire ? Elle est humaine ?* demanda TJ.

Silence mortel. Mark se rendit compte qu'il s'était tourné vers la roue à aubes, cherchant instinctivement à apercevoir Tessa.

— Oui, je l'ai trouvée. Non, elle n'est pas humaine. Elle est... eh bien, une féline. Je ne sais pas trop quelle race encore.

Il aurait dû s'attendre à l'éclat de rire qui accueillit sa déclaration. TJ s'enthousiasma pendant un instant avant de se reprendre.

— *Bravo. Super nouvelle, la partie où tu as trouvé ta partenaire. Tu la cherchais, tu devrais être content, maintenant. Et au moins, tu n'as pas à lui expliquer que les métamorphes existent.*

Il y avait une lueur d'espoir.

— Bien vu !

— *Alors, pourquoi m'appelles-tu au lieu d'être en train de mettre le feu aux draps ? Il doit y avoir un problème.*

Mark avança sur le pont jusqu'à ce qu'il puisse jeter un œil par la fenêtre et regarder ses cheveux blonds s'agiter pendant qu'elle suivait le pas altier de papy Josiah. Ils traversèrent la chambre où papy dormait quand il restait la nuit. Elle écoutait le vieux métamorphe en souriant d'une manière qui paraissait sincère tout en regardant partout.

Était-il amoureux d'elle ? Mince alors, ça voulait dire quoi l'amour, pour un métamorphe ? Ce sentiment de satisfaction intense qu'il ressentait au fond de lui depuis qu'il l'avait trouvée était une sorte d'amour, pas vrai ?

— *Mec... tu es toujours là ?* demanda TJ en claquant la langue. *Laisse-moi deviner. Elle n'est pas du coin ?*

Il ne voulait pas jouer au jeu des questions-réponses.

— C'est une féline. Elle veut que nous tombions amoureux avant que nous ne devenions partenaires.

Cette fois-ci, le silence de l'autre côté du combiné dura beaucoup trop longtemps. Finalement, TJ siffla lentement.

— *Oh, mec. D'accord, je corrige le fait qu'expliquer*

*l'existence des métamorphes était plus difficile que ce qu'il t'arrive. Tu veux dire qu'elle veut que **tu** patientes ?*

— Il semblerait que ce soit le cas, oui.

— *Eh bien, diable.*

Ils soupirèrent tous les deux en même temps.

— *C'est pour ça que j'ai appelé.*

Il devait bien y avoir quelque chose qu'il pourrait faire pour accélérer les choses.

— Peut-être que si Pam avait un tête-à-tête avec elle ça pourrait aider, parce que vous vous êtes mis ensemble plutôt vite tous les deux.

— *Je lui demanderai. Je déteste te dire ça, mon grand frère est ta meilleure option. Ou Robin. Ils connaissent tout un tas de choses. Et si tu es sérieux et que tu comptes la présenter à la meute, tu ferais bien de leur parler de toute façon. Je ne crois pas que balancer un félin dans la mêlée soit une bonne idée sans en parler d'abord aux Alphas ; les humains ne sont pas des félins. Enfin... ouah, ta partenaire est une féline. Sans parler que je serais bien trop inquiet à propos... Enfin, tu devrais juste les appeler.*

S'il fallait une indication que la situation n'était pas normale, c'était bien le fait que TJ le mette en garde combien les choses pouvaient devenir dangereuses.

— Génial. Tu es mon rival pour l'obtention du prix de « celui qui choisit le partenaire le plus improbable », et tu n'es pas très rassurant.

TJ éclata de rire.

— *Ne t'inquiète pas. Ça en vaudra la peine au bout du compte. Elle est ta partenaire, mec. Rien n'égale un partenaire, peu importe que le chemin soit sinueux pour arriver à destination, vous êtes à cent pour cent en phase tous les deux. Tu peux me faire confiance.*

C'était tout ce qu'il avait pour aller de l'avant.

— Quoi qu'il en soit, merci.

— *Mec ? l'interrompit une dernière fois TJ. C'est une féline. Penses-y. Il se peut que ce ne soit pas aussi difficile que ce à quoi tu t'attends.*

Mark n'avait aucune idée de ce que TJ sous-entendait. Il raccrocha et s'efforça de ne pas fixer Tessa qui traversait sa chambre avec une expression béate en observant les boiseries.

Au moins elle aimait sa maison.

Debout dehors à l'observer, le loup en lui réclamant qu'il entre pour coucher avec elle, Mark en arriva à une conclusion saisissante. Peut-être que TJ ne lui avait pas donné de solutions à long terme pour son problème, mais une des choses qu'il avait mentionnées était tout à fait exacte.

Au bout du compte, ça en vaudrait la peine. Elle voulait qu'il tombe amoureux d'elle ? Il avait déjà presque fait la moitié du chemin. Son instinct refusait qu'il fasse autre chose que la désirer, et vouloir le meilleur pour elle.

S'il fallait pour cela qu'il découvre tout ce qui la concernait, alors il était plus que désireux de devenir l'étudiant le plus studieux au monde. Tout ce qu'elle avait jamais désiré, tout ce qu'elle avait jamais fait. Il reprendrait l'école, et la seule chose sur laquelle il se concentrerait, ce serait elle.

Il allait obtenir son diplôme en Tessa Williams, et il était complètement partant pour une formation accélérée. Même le loup en lui approuvait son plan d'action, et pour la première fois depuis ces deux dernières heures les deux facettes de sa personnalité étaient d'accord.

C'était l'heure d'aller à l'école, et ça commençait tout de suite.

4

———

Tessa posa sa fourchette sur la table et poussa un soupir de contentement.

— C'était délicieux. Merci beaucoup.

De l'autre côté de la table, Mark hocha la tête en tendant la main vers son assiette.

— Dessert ?

C'était tentant. Très tentant. Mark avait réussi à concocter des lasagnes aux fruits de mer en l'espace d'une heure pendant qu'elle avait exploré le bateau de fond en comble. Pourtant, parfois le mieux était l'ennemi du bien.

— Si j'avale une autre bouchée, je vais exploser. Laisse-moi t'aider avec la vaisselle.

Papy leur fit un geste du bout de la table où il était installé.

— Restez là à discuter, vous deux. Moi je vais gagner ma croûte en faisant le plongeur.

— Merci, papy.

Mark apporta les assiettes sales sur le comptoir pour lui puis fit un signe de tête vers le bureau.

— Nous devons prendre quelques décisions.

Tessa le suivit, heureuse de voir la belle relation qui les unissait.

— Ton grand-père est un homme adorable.

Mark tira la chaise pour elle.

— Obstiné, autoritaire et impulsif. Je pensais bien que tu l'apprécierais.

Elle éclata de rire.

— Oh, tu m'as cernée si rapidement, pas vrai ?

Le feu dans ses yeux était suffisant pour augmenter de quelques degrés la température dans la pièce.

— J'ai une très bonne raison de vouloir tout savoir sur toi.

Ainsi voilà. Tessa fit un effort pour cesser de s'agiter sur sa chaise, la chaleur entre ses jambes, bien qu'inattendue était agréable. Il l'excitait sans la toucher. Révélation intéressante.

D'abord les préoccupations professionnelles.

— Je sais que nous devons régler un autre problème, mais pourrions-nous faire marche arrière et discuter affaires pour commencer ?

Mark acquiesça d'un hochement de tête.

— Pas de soucis. C'est plus simple maintenant que ça ne l'aurait été. Tu veux acheter la maison, exact ?

— Oui, pour le B&B et pour proposer des circuits écolos.

— Je ne peux pas vendre. À moins que tu ne veuilles construire un nouveau bâtiment sur le site.

Quoi ?

— Je veux le bateau à roues comme base. C'est ce qui rend l'endroit si spectaculaire.

— Je suis d'accord. Ton idée est géniale, et que pense que ça marchera bien. Cependant, le fait est que je ne peux littéralement pas vendre l'endroit. Il existe une clause sur le bateau à roues, tant que le titre reste dans la famille, il peut rester. Une fois que l'acte de propriété passe à une autre famille, le bateau doit être déconstruit, et tout autre bâtiment doit respecter les spécifications liées à l'environnement.

Le cœur de Tessa se serra.

— Oh non. Tu n'en as pas parlé dans ta lettre.

Il sourit.

— N'aie pas l'air si abattue. C'est ce que j'ai dit qu'il *arriverait*. Pour éviter cette éventualité, j'aurais proposé que nous soyons partenaires professionnels. Je demeure le propriétaire de la maison, tu me la loues et nous gérons l'affaire ensemble.

L'idée était intéressante. Mais, patience.

— Tu as dit « *aurais* ». Tu proposes quelque chose d'autre ?

Mark se tourna vers elle, lui prit la main et la leva.

— Tu as dit que tu voulais que j'aille plus lentement. Que tu n'accepterais pas tout de suite le fait que nous soyons partenaires. Je déteste cette idée, mais ça va, je comprends ton point de vue. En attendant, il n'y a aucune raison pour que nous ralentissions les autres projets.

Tessa fixa leurs mains serrées. Il lui caressait les phalanges avec le pouce et ce contact réveillait agréablement ses hormones et la faisait frémir.

— Quels autres projets ?

— Penses-tu qu'il y aurait une raison qui nous empêcherait d'être partenaires un jour ? Moi je n'en vois aucune, aussi vais-je continuer en partant de ce principe et suivre cette conclusion logique. C'est chez toi, à présent. Nous pouvons travailler ensemble pour réaliser ce B&B. Je suis un excellent ouvrier et bricoleur, je finirai tous les travaux nécessaires pendant l'hiver.

Les picotements d'excitation qu'elle ressentait venaient plus de son contact que de sa proposition.

— Pas de contrat ?

— Nous ferons rédiger un contrat légal, bien entendu. C'est mieux pour nous sur le long terme. J'apporterai ma contribution sous la forme du bateau à roues, et toi tu investiras les fonds pour la rénovation.

Elle voyait bien ce qu'il imaginait.

— Partenaires. Ça sonne bien.

Seulement, il restait quelques détails à affiner.

Mark caressa son bras et son contact lui provoqua la chair de poule.

— C'est une belle façon de commencer à vivre ensemble.

— Beau parleur, dit Tessa troublée.

Bon, elle avait peut-être mis en sourdine le truc de *partenaire, partenaire, partenaire*, mais cela ne signifiait pas que son contact ne l'excitait pas.

— Quelques questions. J'avais prévu... oh purée ! Arrête ça.

Mark leva les yeux, étant passé des caresses sur son bras à effleurer sa jambe.

— Arrêter quoi ?

— Ça. Tu es en train de me toucher.

Ce n'était pas que cela la dérangeait, mais...

— Désolé.

Il retira ses mains et croisa les bras sur sa poitrine.

— Ne pas te toucher va réclamer pas mal d'efforts de ma part. Je ne veux pas stopper. Alors, qu'avais-tu à l'esprit ?

Tessa déglutit. Il provoquait quelque chose de bizarre sur ses hormones.

— J'avais prévu de vivre dans la maison pendant les travaux.

Il hocha la tête.

— Bien sûr que tu vivras ici. Tu as vu que l'étage est habitable. Si tu dessines des plans de ce que tu veux que l'on fasse aux autres étages, je pourrai commencer les travaux cette semaine ;

— Je vivrai ici ? Et ça te conviens ?

Un éclair sombre traversa son regard.

— Jamais je ne voudrais que tu vives ailleurs.

Un soupçon l'envahit.

— Et toi, tu vas vivre où ?

— Ici. Avec toi.

C'était bien ce qu'elle avait pressenti.

— Et où exactement, penses-tu que je vais dormir ?

— Avec moi.

Tessa soupira.

— Quelle partie de « pas partenaires » ne comprends-tu pas ?

Mark émit un grognement rauque et trainant qui réveilla et flatta le félin en elle.

— Tu embrasses toujours tout le monde sans prévenir la première fois que tu les rencontres ?

Quoi ?

— Oh, dehors, dit Tessa en haussant les épaules. Je pensais que c'était une sorte de rituel de bienvenue en Alaska.

Il s'approcha plus près.

— Tu aimes le sexe, pas vrai ?

Le félin en elle réagit plus vite que son côté humain. En moins de deux secondes, elle le chevauchait et léchait le côté de son cou. Hum, salé et délicieux. Elle pourrait...

Mark fit glisser ses mains au bas de son dos jusqu'à agripper ses hanches, l'enveloppant presque de sa poigne.

— Jamais plus tu n'embrasseras personne comme cela.

Tu veux qu'on aille lentement avec le côté « pour la vie », je te l'accorde. Mais à moins que tu ne veuilles rester célibataire tout le temps qu'il nous faudra pour tomber amoureux... ?

Oh, la la ! Tessa s'écarta et plongea son regard dans le sien.

— Je ne suis pas le genre de garce qui n'arrive pas à se contrôler.

— Je ne pensais pas que tu l'étais. Mais tu es un félin et une métamorphe. Lorsque tu auras besoin d'assouvir quelque besoin physique, pense à moi. Considère-moi comme ton herbe à chat personnelle.

Il se servit de ses hanches pour la faire remonter sur ses genoux, et son entrejambe glissa sur la bosse dure dans son jean.

— Oh la la !

Il baissa la voix d'un ton.

— Je ne te mordrai pas avant que tu ne m'en donnes la permission. Mais je serai là pour toi. Ici, au B&B. Pendant que tu explores ta nouvelle ville...

— Me présenteras-tu à la meute ?

Ce serait l'acceptation suprême d'après ce qu'elle avait entendu dire.

Il n'hésita même pas.

— ... quand nous rencontrerons la meute. Je serai là pour toi, partout, même au lit.

Ses pupilles se dilatèrent quand elle l'observa. Une sensation étrange, mais agréable, la parcourut. Il semblerait que son voyage dans le nord était devenu plus compliqué qu'elle ne l'avait imaginé.

∾

UNE FEMME douce à l'odeur sucrée sur ses genoux, des projets pour l'avenir. Même s'il détestait qu'elle ait décidé qu'ils ne seraient pas partenaires tout de suite, Mark ne pouvait lui en vouloir pour rien d'autre.

Sauf que s'ils ne bougeaient pas, il allait avoir beaucoup de difficulté à réfréner les urgences du loup en lui de la déshabiller et de la prendre là, dans le bureau.

Un aboiement sonore résonna à la porte, alors ils se tournèrent tous les deux et aperçurent son grand-père qui s'était transformé en loup et faisait à présent le tour du fauteuil où ils étaient installés.

Tessa se raidit.

— Oups ?

— Ne t'inquiète pas. C'est un loup. Il sait ce qu'il se passe. Enfin, pour la plupart, dit Mark en se penchant avec un signe de la main. Tu retournes à la résidence ?

Son grand-père baissa le museau et jappa deux ou trois fois. Son hurlement final rebondit contre les murs tandis qu'il franchissait la porte pour les laisser seuls.

— Il a dit qu'il était ravi de t'avoir rencontrée et qu'il espérait te revoir bientôt.

Mark s'abstint de traduire le reste des commentaires du vieil homme à Tessa. Elle n'avait pas besoin de savoir ce que son grand-père avait suggéré d'autre.

En même temps, elle aussi était métamorphe. Elle savait probablement.

Tessa s'écarta de toute la longueur de ses bras.

— Bon. Et maintenant ?

— Maintenant nous allons t'installer.

Mark avait hâte de ranger ses affaires chez lui. Leurs odeurs se mélangeant, ainsi qu'un signe visible qu'ils étaient en couple.

— Ensuite, tu pourras m'expliquer ce que tu imagines

pour les autres étages, et je tracerai des ébauches afin que nous puissions commencer les rénovations.

Elle inclina la tête.

— Tu es une personne très intéressante. Rien ne te déstabilise donc jamais ? Je veux dire, je t'ai balancé pas mal de choses aujourd'hui et pourtant tu parais si calme et détendu. Comment fais-tu ?

— De bons gênes.

Tessa sourit.

— Ça aussi, je l'avais remarqué.

Elle se pencha et effleura sa joue de ses lèvres avant de descendre de ses genoux et le tirer pour l'aider à se relever.

— Je trouve ton projet génial. Et merci. Je préfère de loin dormir ici que dans un hôtel. Nous pouvons nous amuser de bien des façons en travaillant sur le projet.

S'amuser. Oh chouette.

— Ça semble très bien, se força-t-il à dire.

Vraiment ? S'amuser ?

Bon sang.

Elle se précipita dans l'escalier comme propulsée par un moteur à réaction. Mark la suivit d'un pas plus tranquille. Si elle était heureuse d'aller à toute vitesse, qui était-il pour essayer de la changer ?

Pourtant, quand il ouvrit la porte d'entrée et découvrit qu'elle était déjà de retour les bras chargés de bagages, il se demanda :

— Comment fais-tu pour te déplacer si vite ?

Son regard pétilla.

— De bons gênes, je suppose.

Mark ricana.

— Tu veux tout à l'intérieur ?

Tessa hocha la tête.

— Tu es certain que je peux ranger mes affaires dans ta chambre ? Je pourrais... débarrasser une des chambres à...

Sans prévenir, un grognement lui échappa et le félin en elle cilla en s'écartant.

Mince.

— Tant pis pour mon calme. Tessa n'asticote pas le loup, d'accord ? Pas maintenant. Oui, dans ma chambre. Rien que de suggérer autre chose me met en rogne.

— D'accord. Je peux le faire.

Hop. Elle avait encore disparu, en haut de l'escalier, et il ne restait que son odeur qui flottait dans l'air pour le tourmenter.

Mark se dirigea pour un autre chargement, se demandant le temps que cela prendrait avant que ses deux personnalités métamorphe / humain ne craque sérieusement.

Il déchargea tout et apporta les affaires dans l'entrée principale avant de fermer à clé et apporter les premières affaires en haut des marches. En tournant pour entrer dans sa chambre, son cœur battait déjà la chamade à l'idée de la trouver là. Sa partenaire, une partie de son avenir... dès qu'il en aurait plus appris sur elle.

Elle n'était pas là.

Elle n'était pas non plus dans la salle de bains ni dans la cuisine. Il allait juste abandonner lorsqu'un flot de cheveux blonds attira son attention vers le balcon.

Elle était assise sur la balustrade et balançait joyeusement les jambes en scrutant l'océan.

Son rythme cardiaque s'emballa. Mark ouvrit avec précaution la porte-fenêtre afin de ne pas l'effrayer. Si elle tombait, se serait de très *très* haut.

— Tessa, dit-il doucement. Que fais-tu ?

Elle tourna la tête et lui lança un sourire radieux.

— Les couleurs du coucher de soleil sont jolies ce soir. Viens..., dit-elle en tapotant près d'elle. Regarde avec moi.

Il s'avança tranquillement, s'appuya contre la balustrade et glissa nonchalamment un bras autour de sa taille pour s'assurer de la retenir. Alors seulement il recommença à respirer.

— Les couchers de soleil sont très jolis vus d'ici.

— Le soir, nous préparerons des boissons et des choses à grignoter pour les clients du B&B. Ils pourront s'asseoir ici et parler de la magnifique journée qu'ils auront passée, puis de nouvelles personnes voudront faire le même voyage, et ainsi de suite. Chaque fois plus de clients heureux.

Elle posa la tête sur son épaule et soupira de contentement.

— Je crois que c'est la première fois depuis que nous nous connaissons que tu n'es pas en train de bouger à cent à l'heure, fit remarquer Mark.

La sentir dans ses bras était tellement juste. Il aspira son odeur encore et encore pour tenter de satisfaire ses désirs.

Elle bâilla et s'étira, vacillant en équilibre instable du mauvais côté de la rambarde.

— Les couchers de soleil ont cet effet sur moi. Un effet soporifique ? Est-ce bien ça ?

Il se plaça derrière elle et la serra plus fermement.

— Si cela signifie que tu es prête à te lover devant un feu de cheminée, ça me va.

— J'aime les feux.

Sa voix se faisait plus basse, assoupie, ce qui le chatouilla le long de la colonne vertébrale, et promettait un petit chaton endormi dans quelques minutes.

Puis elle le fit presque paniquer lorsqu'elle se tourna contre lui ses bras enroulés autour de son cou étant la seule chose l'empêchant de dégringoler à plusieurs mètres en contrebas.

Mark retint les jurons qui se formaient dans sa gorge, au lieu de quoi il la souleva de la balustrade et la serra plus confortablement dans ses bras. Il se déplaça à un endroit plus sûr, avançant vers l'intérieur de la maison avant de regarder son visage.

Elle avait les yeux fermés et ses longs cils reposaient sur ses joues. Sa bouche dessinait une petite moue et un léger son s'échappait de ses lèvres. Elle se lova contre son torse en respirant de manière régulière.

Elle était déjà endormie.

Mark la porta jusqu'à son lit et la posa sur le matelas avant de s'écarter pour réfléchir à ce qu'il allait faire ensuite.

La déshabiller lui semblait... sale. Si elle avait été éveillée il aurait pu lui demander ce qu'elle voulait, mais il y avait des limites qu'il refusait de franchir à présent qu'elle les avait posées.

Au lieu de cela, il lui retira ses chaussures et les posa par terre dans la penderie. Elle y avait rangé plusieurs de ses affaires, et il sourit en voyant cela.

Quand il retourna vers le lit, il vit qu'elle s'était blottie sous les couvertures en chien de fusil et ronronnait.

Ronronnait sérieusement.

Mark s'assit près d'elle sur le matelas et la regarda. Ses joues étaient roses, elle avait une main posée mollement près de sa tête et l'autre tendue vers l'endroit où il comptait se glisser plus tard.

Pour un humain, cela aurait pu sembler étrange qu'elle ait refusé qu'ils soient partenaires, et pourtant elle était installée confortablement dans son lit. Pourtant, pour lui c'était logique. Il y avait une énorme différence entre du sexe pour s'amuser, du sexe entre partenaires et un bon vieux câlin. Il ne connaissait pas trop les félins, mais les loups vivaient en meute et se trouver avec les autres était profondément satisfaisant pour eux.

Pour le moment tout allait bien, du moment qu'il réussissait à faire qu'ils aillent dans la bonne direction.

Ils avaient discuté de beaucoup d'idées pour le B&B, mais elle n'avait jamais promis de rester pour la vie. Jusqu'à ce qu'elle le fasse, il ne réussirait pas à se calmer, même si elle avait admiré son enveloppe apparemment imperturbable. Intérieurement, il était un paquet de nerfs, il en voulait plus. Il en avait besoin de plus. Un pas après l'autre, il fallait qu'il la convainque qu'ils étaient faits l'un pour l'autre.

Le bruit qu'elle faisait se mit à augmenter, un adorable son entre le ronflement et le ronronnement, ce qui fit sourire Mark.

Encore une chose qu'il pourrait ajouter à la liste des choses qu'il savait sur sa partenaire. Elle fonctionnait à deux vitesses : à toute allure ou à l'arrêt. Il attrapa une couette légère dans le placard et la recouvrit pour la nuit.

5

———

Les yeux grands ouverts.

Ouille.

Elle ferma d'un coup les paupières pour se protéger du soleil qui inondait son visage. Tessa repoussa les couvertures et sauta du lit.

Elle ne reconnut pas le sol sous ses pieds et il lui fallut quelques secondes de gymnastique mentale pour se remémorer ce qu'il s'était passé la veille. Elle baissa les yeux sur les vêtements complètement froissés dans lesquels elle s'était endormie et au même moment elle aperçut Mark.

Il était endormi, assis dans un grand fauteuil à oreilles la tête reposant contre une des ailettes.

Elle balaya la pièce du regard, la literie froissée, son allure débraillée et son choix étrange de couchage.

Elle n'avait pas prévu de le virer de son propre lit.

Apparemment ils allaient devoir en parler aujourd'hui. Elle se faufila dans la salle de bains, se rafraîchit le visage, admira la vue par la fenêtre puis se rendit dans la cuisine pour voir ce qu'il y avait dans le frigo. Il lui fallait quelque chose qu'elle pourrait préparer pour le petit déjeuner sans risquer de gâcher les aliments, mettre le feu à la maison ou les empoisonner tous les deux.

Des céréales et du lait. Ça, elle saurait gérer. Elle trouva des bols, des cuillères et des tasses en fouillant dans le placard, ce qui lui fit penser au café.

Caaaffffééééé.

Elle ignora les petites alertes qui se déclenchaient dans son cerveau. Si elle n'avait pas besoin de café, à en croire l'imposante machine sur le comptoir, de toute évidence Mark apprécierait une tasse. Après avoir été assez impolie pour le priver d'une bonne nuit de sommeil, les bonnes manières voulaient qu'elle fasse un petit quelque chose pour lui. Il aimerait probablement une bonne tasse de kawa pour se réveiller.

Tessa décolla le monstre noir et argent du mur pour l'examiner. Ça semblait assez simple. Elle tira une manette et un petit compartiment s'ouvrit, libérant une odeur de grains de café qui l'envahit jusqu'aux orteils.

Nan, ce n'était pas une bonne idée de renifler quoi que ce soit de stimulant. Elle avait retenu cette leçon après une séance d'étude qui avait duré toute la nuit et où il y avait de la Red Bull et du chocolat.

Mais pour Mark ? Elle trouverait un moyen d'échapper à l'excitation qu'elle risquait en préparant une cafetière.

Après avoir cherché dans le congélateur, elle sortit un sachet de grains de café. Elle se dépêcha pour éviter d'avoir la tête qui tourne plus que nécessaire. Elle remplit le compartiment, repoussa la manette et appuya sur le gros bouton rouge. Un ronronnement rassurant résonna.

Tessa fut contente d'entendre les craquements et le son de bouillonnement qui bientôt retentirent.

Elle s'interrompit en transférant le café moulu dans le porte-filtre comme elle était certaine de l'avoir vu faire à la télévision. Quelque chose clochait. Une lumière clignotante lui enleva ses doutes et elle se précipita pour appuyer sur le dernier interrupteur.

Un liquide sombre sortit de l'embout. Puis continua de couler. Elle saisit une autre tasse et observa avec anxiété lorsque, encore une fois, arriva presque le point de débordement. Tessa farfouilla dans le placard et sortit toutes les tasses qu'elle put atteindre, puis trouva son rythme pour glisser une tasse après l'autre sous le flot de café qui refusait de s'arrêter.

Tirer sur le fil de la prise pouvait sembler une mesure désespérée, mais très vite elle n'eut d'autre choix car elle n'avait plus de tasses.

Tessa ignora le bazar qu'elle avait fichu et prit le premier café auquel elle donna une dernière touche en faisant un joli motif dans la mousse.

Le résultat ressemblait plus à une tête de poisson qu'à une fleur. Déçue, elle haussa les épaules et se dirigea vers la chambre. Mark apprécierait le geste, elle en était convaincue.

Il était toujours dans le fauteuil et ses paupières papillonnèrent lorsqu'elle approcha. Un sourire illumina son regard lorsqu'il l'aperçut.

— Salut !

Elle posa la tasse sur la table de nuit et se mit à genoux près de lui, les mains posées sur ses cuisses.

— Salut à toi aussi. Espèce d'idiot ! Pourquoi n'es-tu pas venu te mettre au lit comme il faut ?

Mark s'étira.

— Tu étais au milieu du lit et je ne voulais pas te déranger ou te mettre mal à l'aise.

— Ohhh, dit-elle en éprouvant une sensation tendre et

douce au fond d'elle. C'est tellement adorable. Pas nécessaire, mais adorable.

— Il n'y a rien de stupide à vouloir le meilleur pour toi, insista Mark. Ne me demande pas de ne pas faire ce que je pense bien pour toi.

Il l'avait bien eue, sur ce coup-là.

— Tu aurais pu dormir dans l'autre chambre.

Il secoua la tête.

— Nan. Mon loup me l'a interdit.

Tessa s'interrompit un instant.

— Je suis désolée. Je sème la pagaille dans ta vie, n'est-ce pas ?

— Tu as chamboulé mon univers. Mais, ça va.

Mark s'assit sur le bord de son fauteuil et lui tapota gentiment la main.

— Je survivrai.

À présent elle était encore plus heureuse d'avoir trouvé quelque chose de gentil à faire pour lui ce matin.

— Je t'ai préparé un café.

Il prit une profonde inspiration et... grimaça ?

— Vraiment ? Hmm, merci.

Il prit la tasse et la porta à ses narines pour sentir à nouveau avec attention.

— Quelque chose ne va pas ?

— Non, pas du tout.

Mark ferma fort les yeux. Il porta la tasse à sa bouche et prit une gorgée. Il sembla déglutir difficilement avant d'avaler.

— Merci, répéta-t-il.

Sauf qu'il tint le mug, mais ne but plus et se contenta de la fixer, un léger sourire sur les lèvres.

De superbes lèvres, remarqua-t-elle.

— Eh bien. Les plans pour la journée.

Elle se leva et se faufila vers la penderie où elle bougea plusieurs vêtements.

— Aurais-tu un ou deux tiroirs que je pourrais utiliser ?

Il posa sa tasse et la suivit. Il ouvrit un tiroir et fit de la place en retirant ses tee-shirts.

— Par ici. S'il te faut plus de place je te construirai ton propre dressing.

— Génial.

Elle enleva ses vêtements sales et tendit la main vers ses sous-vêtements propres, s'arrêtant quand elle entendit un étrange gargouillement. Elle se redressa et le regarda inquiète.

— Tu vas bien, Mark ?

Il avait les pupilles dilatées et les narines qui palpitaient. La tension irradiait de son corps, même si elle n'avait pas remarqué ses poings serrés le long de ses flancs.

— Pas de soucis.

Sa voix résonna grave et basse, un murmure franchissant ses lèvres entrouvertes.

Elle enfila sa petite culotte et ajusta son soutien-gorge en ouvrant la porte de la penderie pour attraper un jean propre.

— Qu'aimerais-tu faire ce matin ?

Pas de réponse.

Elle se retourna, mais il avait disparu. Elle entrevit un bout de jambe et comprit qu'il était entré dans la salle de bains. L'eau coula et elle s'avança pour jeter un coup d'œil à l'intérieur.

— Mark, qu'est-ce que... ?

Il était debout tout habillé sous la douche, la tête contre le carrelage.

— Oui ?

D'accord, c'était un peu étrange. Elle imaginait que

c'était une manière comme une autre pour défroisser les vêtements dans lesquels on avait dormi.

— Hmm, quand tu auras fini. Pas d'urgence.

Elle se retira sur la pointe des pieds afin de ne pas le déranger.

Après tout, il avait eu une nuit difficile.

MARK AGONISAIT. Non, mourir serait trop simple. S'il n'avait plus d'oxygène dans le corps, cela signifierait que le sang ne circulerait plus dans ses veines, et que son sexe cesserait de se comporter comme un missile à tête chercheuse dès que Tessa était concernée.

Il avait été tellement prudent la nuit dernière afin de conserver les distances qui lui laisseraient de l'espace. Et ce matin, en essayant de se comporter normalement, comme il l'aurait fait avec n'importe quel autre métamorphe qu'il ne mourait pas d'envie de connaître intimement.

Le manque de timidité des métamorphes lui était revenu en pleine face. À présent, pour l'avoir vue de très près, il connaissait les détails suivants : sa partenaire était une vraie blonde. Elle avait des taches de rousseur. Elle était incroyable.

Il baissa la température d'un cran espérant ainsi éteindre certaines de ses ardeurs, mais cela s'avéra inutile. Il était en érection, avec un É majuscule, et ça ne passait pas.

L'unique façon de survivre à cette folle situation allait être de s'épuiser au travail. S'il était trop exténué pour bander, alors peut-être pourrait-il supporter les semaines à venir.

Il sortit de sous la douche et s'habilla. Aucun signe de son adorable félin hyperactif. Enfin, jusqu'à qu'il entre dans la cuisine. La zone sinistrée confirmait ce qu'il avait deviné en buvant le café un peu plus tôt. S'il ne voulait pas finir empoisonné, il devait la bannir de la cuisine.

Ce qui lui allait tout à fait car il aimait cuisiner. Mark avança la machine à café et fit la grimace en apercevant les fèves moulues dans le compartiment. Son dégoût se transforma en amusement lorsqu'il remarqua les céréales qu'elle avait préparées pour lui sur la table. Son bol était vide et sale, le sien prêt à recevoir le lait. Ce qui rendait le tout si extraordinaire, c'était qu'elle avait fait un pliage en forme de cygne avec la serviette juste pour lui.

Mark mangea rapidement, vida les nombreuses tasses de *faux café* et remplit le lave-vaisselle. Ensuite il se mit en quête de sa partenaire.

Il la trouva au rez-de-chaussée, entourée de documents. Mark resta à la regarder en silence tandis qu'elle noircissait un calepin, ses doigts courant sur la page. Elle détacha la première page et l'ajouta à une pile qui se trouvait sur sa droite.

— Tu vas rester debout là toute la matinée ? demanda Tessa en lui souriant.

Il s'approcha tranquillement pour observer son fatras.

— Tu es occupée.

Elle fronça le nez.

— Désolée pour la pagaille à l'étage. Je nettoierai avant le déjeuner, mais j'ai eu une inspiration pour l'agencement du rez-de-chaussée et je voulais coucher cela sur papier avant de perdre le fil de mes idées.

Mark résista à la tentation de faire quelque commentaire débile à propos de fils tendus un peu partout dans la maison, au lieu de cela il s'accroupit pour parcourir la page du dessus de la pile. Il fut stupéfait par les détails du dessin.

— La vache, Tessa. Tu as fait tout ça ce matin ?

Elle acquiesça d'un hochement de tête, s'agitant sur sa chaise en désignant un cercle.

— Les plans de conception pour le rez-de-chaussée et le premier étage. De légères modifications pour le deuxième et simplement quelques légères modifications pour la création du B&B. J'espère que cela ne te dérange pas.

Il était trop stupéfait pour être contrarié. Ce n'étaient pas que de simples croquis avec des bulles indiquant de grossières notes telles que « la salle de bains », mais des plans comprenant des mesures et tout le reste. Mark parcourut la quatrième pile de documents à ses pieds.

— Ce sont des croquis de mobilier.

— Pour les chambres. Ce tas concerne les chambres doubles, le suivant pour les dortoirs. Je voulais voir avec toi ce que tu envisageais avant d'envisager des chambres familiales. Souhaites-tu accueillir des enfants ou non ?

Mark ignora la question pendant un instant en se baissant.

— Comment diable as-tu réussi à faire tout cela si rapidement ? demanda-t-il en regardant les pages, bouche bée. En plus, tu es hyperprécise. Tu as les mesures des chambres, où caches-tu ton mètre ruban ?

— C'est intégré, répondit-elle en tapotant sa tempe avec un sourire. Je peux jeter un œil sur une pièce et en deviner les dimensions immédiatement. Ce n'est pas un don très utile à part pour le design d'intérieur. Ou pour me garer... je peux me glisser dans des espacements qui te feraient dresser les cheveux sur la tête.

La vache. Il reposa la pile de documents et se pencha sur le suivant et fut également ébahi par les détails et la beauté de ses suggestions.

— Je trouve tes idées brillantes. En une heure tu as

travaillé assez pour m'occuper pendant les quatre prochains mois.

— Je t'aiderai, proposa Tessa. Je sais me servir d'un marteau et je n'ai pas peur de me salir.

Mark posa les dessins et saisit ses mains en la serrant fermement.

— Je suis… impressionné. Et très heureux.

Tessa rayonna, et se mit à gigoter.

Il l'examinant plus attentivement en essayant de comprendre pourquoi elle bougeait si bizarrement.

— Tessa, tu es assise sur quoi ?

— Sur une planche à équilibre. Ça permet à mon corps de se concentrer pendant que j'utilise mes mains. Keri a eu cette idée lorsque nous étions à l'université. C'est ma meilleure pote. Tu la connais ? Bien sûr que tu la connais, c'est la partenaire de Jared depuis juillet. Je crois qu'elle m'a dit qu'elle reviendrait en automne.

— Je l'ai rencontrée.

Eh bien, c'était un point pour lui, sa partenaire avec déjà une amie dans la meute.

— Nous pourrions sortir avec elle et Jared s'ils sont dans le coin. Pourquoi ne l'appellerais-tu pas pour savoir ?

Elle se redressa d'un bond, parvenant étrangement à rester debout sur la planche en bois qui tanguait tout en le forçant à se relever.

— J'aimerais beaucoup. Tu es tellement adorable.

Mark se dégagea pour rassembler ses piles de documents.

— Nous parcourrons toutes ces idées après que tu les aies contactés.

— Ce serait génial. Hé, tu ne m'as pas répondu sur ce que tu préférais, des chambres familiales ou non ?

Il avait évité d'y réfléchir, car la réponse était tout

embrouillée dans sa tête. L'image de gamins courant partout dans la maison l'amenait à penser à *leurs* enfants qui s'agiteraient partout. Ce qui faisait naître des images de Tessa enceinte qui se transformaient en un long métrage d'action en couleurs et haute définition comprenant des scènes de sexe entre Tessa et lui.

Même s'il était plutôt certain que du porno n'ajouterait rien à la scène. Pas s'ils étaient partenaires.

À un certain moment il s'était approché, encore, et lorsqu'elle se tortilla sur sa planche, sa poitrine effleura la sienne de manière intime. Mark déglutit et ignora la réponse instantanée de son corps en s'efforçant de prononcer les mots :

— C'est bon pour les gamins.

Tessa sauta, enroula ses bras et jambes autour de lui. Il lâcha les documents pour l'attraper, ses mains soutenant ses fesses tandis qu'elle se penchait en avant jusqu'à ce que ses lèvres se posent sur les siennes. Il aspira sa saveur comme un homme affamé.

Elle appuya son front contre le sien, un sourire radieux illuminant son visage.

— Je crois que je t'aime bien.

— Eh bien, c'est sympa.

Rien n'allait l'empêcher de savourer la chaleur éphémère de leurs corps qui se touchaient. Il ajouta quelques autres éléments à la liste de ce qu'il savait d'elle. *Impulsive, mais talentueuse. Athlétique.*

— Je crois que nous pouvons accomplir de grandes choses ensemble, annonça-t-elle. Nous allons former une équipe géniale.

— Une équipe ? répéta-t-il, refusant de laisser passer l'occasion. Plus que ça, Tessa. Nous sommes partenaires. Nous compétences se complètent.

Ses yeux s'écarquillèrent et elle hocha lentement la tête.

— Chouette. Et tu apprécies vraiment les gamins.

— Je t'apprécie toi.

C'était suffisant pour le moment.

Elle ne semblait pas pressée de s'écarter, alors il en profita à fond et l'embrassa à nouveau. Il mordilla sa lèvre inférieure pendant qu'elle fredonnait joyeusement et entortilla ses doigts dans ses cheveux. Sa bouche était si douce contre la sienne, son odeur merveilleuse se diffusa dans tout son corps et augmenta étrangement sa tension, même si cela le satisfaisait.

Il lécha le bord de ses lèvres et elle glissa le bout de sa langue contre la sienne. Il fut pris de vertiges, submergé de sensations. Mark se perdait totalement dans l'impression si juste qu'elle était sa partenaire.

S'il ne pouvait espérer que quelques baisers volés, il forcerait la bête tapie en lui à les accepter. Tessa et lui passeraient l'éternité ensemble. S'il fallait quelques jours de plus pour commencer leur aventure, il était assez patient pour le supporter.

Au bout du compte, ça en vaudrait la peine.

Mark savoura le baiser, et son poids dans ses mains. Le contact intime de leurs corps. Il emmagasina toutes ces sensations dans l'espoir que le loup en lui ne se rebellerait pas et ne gâcherait pas ses bonnes intentions.

La bête grogna, mais se calma, pour le moment du moins.

6

———

Une fois passé le dîner, Tessa se sentit étrangement fatiguée. Elle transféra tout de même la vaisselle qui se trouvait sur le comptoir dans le lave-vaisselle, avant de se redresser pour étirer le bas de son dos.

— Je suis encore désolée pour la pagaille que j'ai créée ce matin.

Elle n'avait aucune excuse. Elle n'était plus une adolescente capricieuse dont sa mère devait s'occuper. Son manque de considération la gênait.

Elle était adulte. Elle, qui avait armé et géré un bateau de croisière, ce matin elle avait laissé le chaos derrière elle, comme une enfant ?

Tessa se redressa et s'écarta de son travail, puis lâcha un petit cri de surprise en constatant comme Mark était proche d'elle. Il prit son visage entre ses mains et secoua la tête.

— Arrête de t'excuser. Ce n'était pas si grave. Nous avons passé une super journée, très productive, et on a oublié un peu de vaisselle. D'accord ?

— Bien sûr.

Elle ne ressentait que de la culpabilité.

Ses paupières étaient lourdes et elle était crevée comme un chien, et cette idée lui donnait envie de glousser.

Son contact était doux sur sa peau. Son pouce caressait sa joue en cherchant ses yeux.

— Allons prendre l'air. Aimerais-tu que nous allions courir ?

Son côté félin se réveilla d'un coup, comme monté sur des ressorts, et un réel soulagement la parcourut.

— Oui, oh, ce serait merveilleux !

Mark la poussa dans le dos vers la chambre à coucher.

— Déshabille-toi et métamorphose-toi. Je t'attends à la porte de derrière, elle est faite pour que nous puissions l'ouvrir sous une forme ou sous l'autre.

— Attends.

Il s'arrêta alors qu'il se tournait.

Tessa ne comprenait pas vraiment d'où lui venait le trouble qu'elle ressentait. Quelque chose clochait, mais elle n'arrivait pas à mettre le doigt dessus.

— Tessa ?

Elle s'efforça de faire taire cette étrange sensation et sourit.

— Rien. Je te retrouve à la porte dans un instant.

Pourquoi le silence de la pièce lui paraissait assourdissant pendant qu'elle enlevait ses vêtements et les rangeait ? Elle regarda autour d'elle, cherchant ce qui pouvait la rendre mal à l'aise, mais rien ne percuta. Rien n'avait de sens, si ce n'était le félin en elle qui se faisait plus insistant pour aller courir *maintenant* comme promis.

Elle marcha nue dans la cuisine car elle ne voulait pas se transformer dans la chambre. Le puma s'étirait en elle, poussant contre la peau, et elle s'arrêta en haut de l'escalier et céda. Elle laissa la métamorphose s'opérer, ses membres et ses muscles se transformant à mesure qu'elle prenait son autre forme.

La sensation agréable qu'elle ressentait d'habitude d'un coup quand elle se métamorphosait était si diluée qu'elle s'assit sur ses pattes arrière, étonnée.

À présent le félin en elle avait plus de contrôle que son côté humain, et le puma voulait continuer à bouger. Impatiente d'arriver à l'endroit où elle pourrait courir librement, elle descendit les marches, ignorant toutes les choses qui l'auraient distraite avant.

Courir avec Mark. Son partenaire.

Tessa avait imaginé que cette idée aurait énervé le puma en elle beaucoup plus que ce n'était le cas. Voir Mark recouvert de fourrure avait peut-être quelque chose à voir avec le calme qu'elle ressentait. Tessa regretta de ne pas l'avoir examiné attentivement avant de se métamorphoser car, sous sa forme animale, il était magnifique, du moins autant qu'un félin puisse apprécier un chien.

Il avait un museau blanc et une épaisse fourrure argentée striée de noir. Il inclina la tête vers elle avant de se dresser sur ses pattes arrière pour atteindre la poignée de la porte. La manette plate se baissa à son contact, la porte s'ouvrit et il attendit qu'elle passe devant lui.

Il ferma la porte d'un coup de tête, puis alors qu'elle prenait ses marques, il l'effleura pour passer devant elle et s'élança.

La chasse débuta.

Tout de suite derrière le bateau à roues, ils étaient dans la nature. La clôture à l'arrière touchait les arbres, aussi dès qu'ils eurent passé cette frontière il n'y avait plus que des contreforts vallonnés. Des sentiers étroits et rebattus menaient à travers les fourrés, où Mark sautait de l'un à l'autre pour les mener plus en altitude. La chaleur de la journée fit place à la douceur de l'air qui flottait au niveau du sol, s'écoulant lentement des hauteurs.

Tessa se démena pour le rattraper, et ses efforts musculaires finirent par noyer le malaise qui l'avait envahie. Son sang battait fort et son esprit s'apaisait comme si le trop-plein d'idées qui lui passaient par la tête s'effaçait au profit des mouvements de ses coussinets frappant la poussière.

Il disparut de sa vue à un virage et elle redoubla de vitesse pour réduire la distance qui les séparait. Elle arriva à toute allure dans une clairière et se retrouva plaquée au sol lorsqu'il l'attaqua de côté.

Des éclats de rires résonnèrent, et la pure joie du puma répondit à l'allégresse du loup. Il se dégagea d'elle et recula tête baissée, sa queue s'agitant frénétiquement.

Elle se lécha une patte et la frotta sur ses oreilles, se toilettant pour enlever les feuilles mortes qui collaient à ses poils.

Mark ouvrit la gueule, et son sourire de loup voulait tout dire. Il pensait qu'elle se comportait typiquement comme un félin, pas vrai ? Tessa l'ignora et balaya du regard la clairière où il l'avait conduite. Elle admira la vue qui s'étalait sur le versant des collines exposé au vent.

La perspective que l'on avait du bateau à roues était magnifique, mais ici, c'était spectaculaire. Les derniers rayons du soleil tombaient en fines coulures qui créaient un effet de projecteur sur les champs. Spontanément, Tessa réagit et se précipita dans la tache de soleil la plus proche et s'étira paresseusement dans la chaleur qui la drapait.

Un autre type de chaleur la submergea lorsque Mark se frotta contre elle jusqu'à l'envelopper, affichant clairement sa possessivité. Sous sa forme de félin, c'était étrange, mais cette idée ne l'ennuyait pas vraiment.

L'humain, en revanche, était un être curieux. Elle cogna

son museau dans le sien avant de se dégager pour ne pas le blesser. Puis elle se transforma à nouveau, retrouvant son enveloppe humaine près de lui.

— C'est tellement beau, commenta-t-elle en passa sa main sur sa tête puis dans son dos.

Mark grogna de contentement.

Tout l'angoisse qu'elle ressentait plus tôt avait disparu, éclatée comme des bulles, alors Tessa suivit son instinct. Elle s'étira sur l'épais tapis de mousse et posa sa tête contre ce dos à la fourrure douce. Le battement régulier de son cœur et les dernières chaleurs du soleil la bercèrent jusqu'à cet état entre veille et sommeil.

ELLE LE TENAIT par le bout du nez. Mark posa son museau sur ses pattes avant et calma les idées qui se bousculaient dans sa tête. Tessa était vraiment chouette sous sa forme de puma. Il restait tout de même certaines interrogations concernant son acceptation par la meute, mais...

Le temps. Laisser faire le temps. Il expira par ses naseaux et observa les minuscules brins d'herbe qui dansaient devant lui.

En moins de dix minutes, le soleil glissa sur eux. Bien qu'il déteste l'idée de la déranger, il fallait qu'ils rentrent, surtout parce qu'elle était allongée complètement nue dans les fourrés. Il tourna lentement la tête pour regarder son visage. La tentation l'envahit.

Mark la lécha, de la joue vers la tempe.

Elle plissa le nez et ses yeux s'ouvrirent d'un coup, puis elle sourit.

— Eh, pas de ça avec moi, ou je me vengerai le jour où je te surprendrai en train de faire la sieste.

Elle se métamorphosa à nouveau en puma et cette fois, il la laissa donner le rythme, la suivant en s'assurant qu'elle prenait le bon chemin pour rentrer à la maison.

À la maison... Cette expression le rendait plus heureux aujourd'hui que jamais.

Une demi-heure plus tard ils étaient installés devant la cheminée et la bouilloire sur la gazinière sifflait doucement. Ils avaient tous les deux revêtu un pantalon de jogging et Tessa portait un tee-shirt venant de son tiroir, ce qui satisfaisait une petite partie du désir qui l'habitait.

Quand il s'installa sur le canapé, Tessa abandonna le fauteuil où elle s'était recroquevillée pendant qu'il travaillait, pour se glisser sur ses genoux et se blottir tout contre lui.

Tous ses muscles se raidirent, le moindre désir qu'il avait de la prendre se réveilla frénétiquement.

— Merci pour cette jolie promenade, murmura-t-elle dans son cou.

Il la caressa, ses mains fouillant instinctivement ses cheveux. Ils avaient oublié leurs boissons quand il releva son menton pour l'embrasser.

À chaque fois qu'il la touchait, c'était plus facile de patienter, et plus difficile. Plus facile, car c'était tellement juste. Mentalement, c'était parfait.

Physiquement ? C'était là le problème. Attendre devenait plus dur, dur comme son sexe qui était appuyé contre sa cuisse. Elle était obligée de le sentir puisqu'elle était assise sur ses genoux, elle devait comprendre à quel point elle lui faisait de l'effet.

Il dompta ses désirs. Se força à ne plus se noyer de sa saveur. Il l'attira contre son torse et s'efforça de calmer sa respiration.

— Dis-moi quelque chose que j'ignore à propos de toi,

dit-il en passant ses cheveux délicatement par-dessus son épaule. Raconte-moi un de tes rêves, ce que tu désires accomplir.

Car s'il la voulait elle, il voulait tout d'elle. Et plus vite il aurait le Que Sais-je sur Tessa dans la tête, mieux ce serait.

Elle s'assit, inclinant la tête en le regardant dans les yeux.

— Je veux ressentir l'impression d'avoir réussi quelque chose.

Sa façon étrange de formuler sa phrase poussa Mark à réfléchir avant de répondre.

— Tu veux dire que tu veux *réussir*.

Tessa secoua la tête.

— Je..., elle fit une pause. J'ai réussi. J'ai des diplômes, le soutien de ma famille qui dirige une affaire où je peux apporter ma contribution, et finalement je n'ai pas tout gâché. Les gens qui me voient de l'extérieur pensent que j'assure.

C'était ce qu'il avait pensé.

— Pourtant, tu n'as pas le sentiment que c'est vrai ?

Sur son visage, il n'y avait plus la joie lumineuse qui l'éclairait d'habitude, ni sa petite gêne qu'il s'attendait à déceler.

— Si tout se passe bien, bien que je ne sois en rien responsable de ce qui est arrivé, aurai-je le sentiment d'avoir réussi ? On n'admire pas un coup de chance, Mark.

Oh bon sang.

— C'est la raison pour laquelle toute cette histoire de partenaires te paraît bizarre, n'est-ce pas ? C'est pourquoi tu veux que je te connaisse, et que je t'aime avant de le rendre officiel ?

— Se mettre en couple en tant que partenaires est sûrement la plus pure forme de coup de chance qui puisse exister, répondit Tessa en passant un doigt sur son front pour faire disparaître son stress. Ce n'est pas mal, mais seulement, ce n'est pas juste. C'est tellement... commun. Pourquoi le loup en toi me désire-t-il ?

Parce que c'était *juste*. Ils étaient faits l'un pour l'autre, mais le dire simplement n'allait pas suffire à la convaincre.

En plus, elle avait marqué un point, même si ce genre de choses s'arrangeaient d'elles-mêmes plus tard entre loups.

— Merci d'avoir partagé cela avec moi, je suis honoré que tu m'aies fait confiance.

Elle ricana doucement.

— Trop honnête pour mon propre bien, parfois.

— C'est sur la liste que je suis en train de dresser, dit Mark.

Elle haussa les sourcils et il se hâta de la rassurer.

— Pas le côté trop honnête, mais la partie honnête. J'aime que tu n'évites pas les problèmes, Tessa. C'est une belle façon de vivre. Ainsi les choses sont visibles et c'est plus facile pour moi de réparer mes erreurs si j'en parle avec toi.

Cela la fit sourire.

— Tu es sûr que c'est toi qui vas déconner ? Jusqu'à présent j'ai l'impression que c'est plutôt moi qui n'en loupe pas une dans notre relation.

— Ainsi tu admets que nous avons une relation ?

Elle lui donna un petit coup dans le torse et se pencha plus près de lui.

— Je suis assise sur tes genoux en train de te confier mes secrets les plus intimes et les plus sombres. Tu as intérêt à y voir quelque chose de plus investi, mec. J'aime bien les rencards.

— Est-ce vraiment un rencard quand c'est avec ton partenaire ?

Il n'allait jamais la laisser oublier vers où la conversation se dirigeait.

— Quel que soit le nom qu'on lui donne, ça me va.

Ses mains glissèrent le long de son torse, chatouillant du bout des doigts sa peau sensible. C'était douloureux. La distance entre eux s'évanouit et leurs bouches se touchèrent. Des baisers délicats et appliqués qui ramollirent ses membres et durcirent certaines autres parties de son corps.

Il fit de même et lui caressa le dos. La taille. Il remonta doucement une de ses mains le long de son ventre jusqu'à saisir un sein. Son téton se durcit, forçant contre le tissu du tee-shirt qu'elle portait.

Tout le temps elle l'embrassait, l'explorait de la langue en le laissant lui mordiller les lèvres. Il s'interrompit pour poser des baisers le long de sa mâchoire jusqu'à ce qu'il parvienne à attraper son lobe d'oreille et à le sucer.

Le frisson qui la parcourut tout entière fut une parfaite récompense.

— Tessa. Laisse-moi...

Il allait la supplier, mais que pouvait-il supplier ? Un pas après l'autre signifiait qu'il n'obtiendrait pas ce qu'il souhaitait, à savoir la rendre folle jusqu'à ce qu'elle ressente une douzaine d'orgasmes avant qu'il ne s'insère en elle et qu'il la marque parfaitement.

Elle attrapa le bas de son tee-shirt et l'enleva. Ses seins nus apparurent d'un coup devant ses yeux, alors toute idée de supplier avait disparue, noyée par un désir ardent.

∾

Tessa réprima un éclat de rire. Elle était excitée et avait vraiment envie de jouer, mais l'expression sur le visage de Mark, juste là ? Des vrais yeux de chien battu. Mais elle allait être gentille et ne le dirait pas à voix haute.

Les loups pouvaient être très susceptibles par rapport à ce genre de chose.

Elle avait prévu de la jouer faussement pudique, de flirter et de s'exhiber. Mais elle avait omis un détail très important, c'était qu'elle l'avait aguiché toute la journée.

Il saisit ses hanches et soudain elle se retrouva en l'air, soulevée au-dessus de ses genoux et maintenue de façon à ce qu'elle le regarde et qu'il ait ses yeux au niveau de ses seins. Le désir grandit, mais il resta immobile.

— Tu sembles hésiter pour la suite, dit Tessa en passant la paume de ses mains sur sa tête.

Il leva le regard juste ce qu'il fallait pour plonger dans le sien.

— Je sais quoi faire, cependant je savoure.

— Tu veux un steak ?

— Je n'aurais aucune objection à te dévorer toute crue.

— Quel grand méchant loup tu fais … ooohhhh !

Apparemment il avait fini de savourer car des lèvres chaudes venaient de s'enrouler autour de son téton. Mark suça et de petites ondes de plaisir irradièrent dans sa poitrine. Elle eut un bref moment de répit lorsqu'il changea de côté, léchant avec insistance, sa langue râpant l'extrémité sensible. Il gardait une poigne ferme autour de ses hanches pour l'orienter à loisir, et toujours, la caresse de ses pouces ajoutait à son tourment érotique.

Un côté, puis l'autre. Tessa ferma les yeux et savoura à son tour. La tendresse de son toucher se propageait lentement, pourtant il y avait également de l'urgence. Respirations accélérées, rythmes cardiaques emballés. Sans jamais détacher ses lèvres de sa peau, il ajusta sa position afin de toucher le bord de sa petite culotte.

La sensation la fit frissonner. Il joua avec la couture, d'avant en arrière, frottant ses phalanges au centre de son sexe à l'instant même où il refermait ses dents sur son téton.

Le choc fut fulgurant et le plaisir la submergea rapidement. Il avait à peine touché les parties sensibles, mais elle était déjà en passe de partir en vrille. Un peu plus fermement, cette fois-ci, ses doigts glissèrent sous le tissu et séparèrent ses plis intimes.

Mark gémit d'approbation.

— Si humide. Laisse-moi te faire du bien.

Elle aurait bien accepté, mais elle ne pouvait parler. Juste un long et rauque ronronnement félin involontaire, sauf qu'il avait trouvé son bouton d'amour.

Était-elle gênée ? Seulement d'avoir joui si vite.

Il la caressait du bout des doigts, son attention dirigée sur sa zone sensible. Un plaisir intense s'amplifia rapidement, décuplé lorsqu'il se remit à embrasser ses seins. Tessa retint sa respiration lorsque vint le moment, une pulsation au fond d'elle irradiant toutes sortes de réactions chimiques dans son corps. Elle plaqua sa tête contre sa poitrine et ondula de plaisir.

Il la retint jusqu'à ce qu'elle ne tremble plus, la caressant partout où il pouvait de sa main droite. Ses hanches, son dos, remontant sa cage thoracique en murmurant délicatement. Tessa prit une profonde inspiration et le regarda avec un sourire heureux.

Puis elle haussa un sourcil et s'humecta les lèvres.

— À moi...

L'éclair de désir dans ses yeux ne faisait aucun doute. Cependant, elle avait appris une leçon après ce qu'il venait de faire, et lorsqu'elle se pencha en avant, elle posa ses lèvres sur son ventre musclé.

Mark grogna.

Elle suivit les lignes de ses abdos avec la langue, prenant son temps et descendant centimètre après centimètre.

Il rugit. Un son long et rauque, similaire à celui qu'elle avait poussé un peu plus tôt, et elle savait exactement ce que cela signifiait.

Elle leva la tête au moment parfait pour apprécier sa réaction lorsque ses doigts se refermèrent sur son membre dur et long. La satisfaction de voir ses yeux rouler en arrière coïncida parfaitement avec un bruit particulier qui résonna dans la maison. Comme si on claquait une porte.

Les yeux de Mark s'ouvrirent brusquement.

Un chantonnement retentit au loin. Au rez-de-chaussée ? Ça approchait. Un chant de marin, du style plein de jurons, mais chanté avec beaucoup d'enthousiasme.

Des doigts se refermèrent sur son poignet et Mark retira ses mains de son entrejambe, sa respiration haletante redevenait régulière.

— Nous devons nous interrompre.

— Mais...

Elle accepta le tee-shirt qu'il lui tendait, le fit passer sur sa tête en le regardant d'un air troublé. Il prit une profonde inspiration et se leva, grimaçant pendant quelques pas comme s'il souffrait.

Le chant était de plus en plus fort, et Tessa comprit.

— Oh.

Mark arrangea ses vêtements et lui fit un clin d'œil.

— *Oh*, c'est exactement ça.

Il remit sa chemise avant de se diriger au haut de la cage d'escalier. Ils attendirent sans un mot, partageant des gloussements jusqu'à ce que son grand-père apparaisse.

Le vieil homme finit son refrain en beauté avant de donner une tape dans le dos de Mark et de se tourner vers elle.

— Eh bien, c'est agréable de vous revoir, ma chère. Prête pour l'excursion ? Vous avez tout ce qu'il vous faut ?

Elle n'eut pas le temps de répondre avant Mark.

— Bien entendu qu'elle est prête. Nous appareillons bientôt, monsieur ?

Il mena le vieux loup dans le salon et l'installa dans un rocking-chair usé.

— Nous partirons avec la marée. J'ai entendu que le temps allait changer, je voudrais que nous passions le goulet avec lune bonne houle.

Mark acquiesça d'un hochement sec de la tête.

— Oui, monsieur.

Papy se tut et fixa le feu de cheminée. Mark se rassit dans le canapé et tendit une main vers Tessa. Elle se blottit contre lui. Il y avait toujours entre eux, cette tension sexuelle, et si elle avait déjà eu un orgasme, elle n'arrivait pas à imaginer comment Mark se sentait.

Il posa ses lèvres contre sa tempe.

— Arrête de t'inquiéter. Tout va bien.

Il parlait à voix basse, aussi l'imita-t-elle.

— Tu l'attendais ce soir ?

Mark éclata de rire en lui caressant les cheveux.

— Je pense que tu as la réponse à ta question vu ce qu'il a interrompu.

Papy trifouillait sa pipe, fredonnant tout en essayant d'allumer le tabac. Puis il s'assit et se mit à sourire, se balançant dans son siège en regardant les flammes, enveloppé de volutes odorantes.

Son arrivée n'avait rien d'inquiétant, c'était juste inattendu. Tessa était vraiment intriguée.

Mark lui toucha la joue pour qu'elle le regarde.

— Il a des... absences. Avant c'était son bateau, et parfois il fait comme des bonds dans le temps. Je ne sais jamais quand il va apparaître, et c'est une des raisons pour lesquelles je n'ai jamais vendu cet endroit.

— Mais tu ne peux pas vendre.

Mark prit une profonde inspiration et hocha la tête en signe d'assentiment, fixant à son tour la cheminée.

— Je pourrais vendre cet endroit en tant que terrain, mais qu'adviendrait-il ensuite ? Papy est heureux dans sa résidence pour personnes âgées, à part ces rares fois où il oublie quelle année nous sommes. Alors il arrive, il passe quelques nuits, puis il paraît se réveiller et il rentre chez lui. Je préfère ne pas imaginer ce qu'il se passerait s'il arrivait au cours d'une de ses crises et découvrait que le bateau à roues avait disparu. Il serait dévasté. Il penserait qu'ils sont partis sans lui.

Papy continuait de se balancer alors que la confession de Mark la remuait.

— Tu restes pour lui.

— C'est ma famille, répondit Mark en souriant avec indulgence en regardant son grand-père. C'est la raison pour laquelle j'ai raté l'opportunité d'être sur un bateau de croisière avec toi pendant le printemps : on m'avait offert un travail dans l'équipe de maintenance, tu sais. Mais la personne qui s'était engagée à s'occuper de la maison pour moi pendant mon absence n'est jamais venue ce matin-là. Vous êtes partis avant que je ne puisse m'organiser autrement.

Encore un mystère de résolu.

—Keri et Jared n'étaient pas fâchés de la tournure des évènements.

Ils restèrent assis en silence et détendus pendant un

moment, enfin aussi détendu que Mark pouvait l'être. Tessa pencha sa tête sur son épaule et lui murmura :

— Nous pourrions aller nous coucher...

Ses narines se dilatèrent un instant.

— C'est tentant, mais il vaut mieux que je m'assure qu'il s'installe pour la nuit.

Il se leva et l'aida à se relever, puis l'embrassa en coinçant une mèche rebelle derrière son oreille.

— Va au lit. On se voit tout à l'heure.

Tessa se blottit sous les couvertures, encore plus troublée que la première fois que Mark lui avait annoncé qu'ils étaient partenaires. Elle tenta de rester éveillée jusqu'à ce qu'il arrive afin qu'ils puissent finir ce qu'ils avaient commencé, ou au moins avoir le temps de parler.

Sauf que l'oreiller douillet la berça, et l'instant d'après la lumière du soleil annonçait le début d'une nouvelle journée.

7

―――――

Lundi.

Papy leur prépara le petit déjeuner avant de sortir un balai à franges pour « lustrer le pont ».

Mark s'excusa peu de temps après.

— Je vais descendre en ville et m'arrêter au bureau des autorisations pour voir à quel genre de délais il faut nous attendre. Tu peux m'accompagner si ça te dit.

Étrangement, l'idée de sortir ne m'attirait pas autant que d'habitude.

— Vas-y toi. J'ai très envie de fouiller dans la maison un petit peu plus, et travailler sur quelques idées de prospectus.

Il la fixa un instant avant de poser sa main sur sa nuque et l'attirer contre lui pour un baiser furtif, mais fougueux. Ils se séparèrent, elle avait les lèvres qui picotaient et il avait les pupilles noires. Il lui caressa la joue.

— Si tu penses à quelque chose dont tu pourrais avoir besoin, fais-moi une liste.

Il ferma la porte derrière lui, et un sentiment très

désagréable remonta le long de sa colonne, la laissant apathique et anxieuse.

Elle erra aux deux étages inférieurs pendant un moment, imaginant les plans qu'elle avait tracés. Cet endroit allait être magnifique une fois fini. Elle attrapa un paquet de Post-it® et afficha sur les murs les informations dont elle voulait se rappeler de discuter avec Mark quand il rentrerait.

Le rayon de soleil qui passait par la fenêtre était sûrement la raison pour laquelle elle cligna des yeux de surprise en se réveillant d'une sieste, une demi-heure plus tard. Pourtant, elle ne se souvenait pas d'être retournée dans sa chambre, ni même avoir enfilé le tee-shirt qui portait son odeur.

Elle dut faire appel à toute sa concentration pour travailler un peu sur son ordinateur avant que Mark ne revienne avec des courses pour la cuisine et un tas de catalogues de vente par correspondance.

Elle parcourut rapidement la pile : des luminaires décoratifs, des appliques spéciales.

— Oh, joli.

Mark sourit en s'asseyant devant le sandwich baguette qu'elle lui avait préparé pendant qu'il rangeait les courses.

— Je me suis dit que tu aimerais avoir des documents que tu pourrais conserver plutôt que de faire des achats en ligne.

— C'est tellement adorable. Merci.

— Pas de problème. Et aussi, j'ai de bonnes nouvelles en ce qui concerne les rénovations. Un membre de la meute travaille au bureau des autorisations, et je dois lui parler.

Mark fit un signe de tête pour remercier papy lorsqu'il remplit leurs verres.

— Il s'assurera que les formulaires soient rédigés

rapidement pour nous. Ce qui ne signifie pas que nous pourrons faire n'importe quoi en ce qui concerne les choses importantes, mais cela veut dire que nous pouvons commencer tout de suite.

Tessa restait assise sans un mot, stupéfaite.

Mark fit un large sourire.

— Quel est le problème ? Tu as donné ta langue au chat ?

Elle lui tira la langue avant de secouer la tête.

— Tu plaisantes. Nous pouvons commencer les rénovations tout de suite ?

— Le premier lot de bois sera livré cet après-midi, ainsi qu'une benne à ordures. Nous pouvons nous débarrasser de tout ce qui n'est pas utilisable et foncer. J'ai demandé à plusieurs gars de la meute de me donner un coup de main pour le gros œuvre.

Elle ne savait que répondre.

— C'est incroyable. Quand j'ai réservé mes vols, je pensais que nous aurions des semaines de négociations avant de mettre quoi que ce soit en branle.

— Aucune raison d'attendre. Je te l'ai dit. C'est chez toi, ici, alors pourquoi ne pas commencer à réaliser ton rêve ? dit-il en enroulant leurs doigts et en serrant doucement. Heureuse ?

— Plus que je ne saurais le dire.

Papy s'adossa dans son fauteuil.

— Vous allez enjoliver cet endroit, c'est ça ? C'est un bon plan, ça. Un peu d'huile de coude, c'est toujours un bon truc. Dois-je bouger mes affaires dans les quartiers de l'équipage ?

— Tu es très bien où tu es, papy.

Mark fit un clin d'œil à Tessa en cachette de son grand-père.

L'amour dans la voix de Mark la fit fondre. Un bâillement la prit par surprise et elle cligna des yeux, étonnée. Encore ?

— Eh bien, aucune idée d'où il sort, celui-ci.

Mark haussa les épaules.

— Si tu veux faire une petite sieste, nous aurons le temps de discuter plus tard.

Elle aurait dû protester. Si les travaux allaient commencer dans le B&B, elle voulait être présente. Mais elle n'arrivait pas à garder les yeux ouverts, et si Mark ne l'avait pas serrée fermement dans ses bras, elle se serait roulée en boule là, sur la table. Il la borda dans son lit et s'assit un instant, promenant ses mains sur ses épaules et sa tête.

— Je vous apprécie, monsieur Weaver, parvint-elle à murmurer avant que le sommeil ne la gagne pour la deuxième fois de la journée.

— Tu vas finir par m'aimer, dit-il avec conviction.

Ou peut-être l'avait-elle simplement imaginé.

Mardi

Choquée d'apercevoir 10 heures du matin clignoter sur le réveil près du lit, Tessa se leva péniblement. Elle s'éternisa sous la douche pendant trente minutes pour tenter de se réveiller.

Lorsqu'elle descendit enfin, elle découvrit du matériel de construction empilé en tas réguliers au rez-de-chaussée ; les vieux panneaux de bois avaient déjà été enlevés et s'amoncelaient sur une grande hauteur dans la benne dehors.

Une note flottait derrière la porte, et elle se précipita pour la lire.

Je ramène papy chez lui. Appelle-moi si tu as besoin.

Elle plissa le nez et le félin en elle se plaignit de son absence. Elle avait déjà le téléphone en main qui sonnait avant même d'y avoir réfléchi.

— *Bonjour, Belle au bois dormant.*

— Je suis tellement gênée. J'ai l'impression d'être devenue narcoleptique ou un truc du genre. Es-tu seulement venu te coucher, la nuit dernière ?

Tessa passa la tête dans la pièce qui deviendrait la réserve.

— Comment as-tu fait pour tout dégager si rapidement ? Je n'ai rien entendu.

— *Je t'ai dit, des gars de la meute sont venus me donner un coup de main.*

Elle avait dormi pendant tout ce temps, et elle s'interrompit en y pensant. Mais en y réfléchissant, il y avait des compliments à faire à la meute.

— J'espère que tu leur as passé le bonjour de ma part.

— *Bien entendu.*

Il avait répondu si rapidement qu'elle se demanda ce qui clochait, mais seulement un bref instant. Le félin en elle était trop occupé à examiner l'espace libéré pour s'interroger sur une conversation.

— Comment va ton grand-père ? demanda-t-elle.

— *Il est en super forme. Il a décidé que la remontée des saumons pour la ponte était plus importante que le bateau à roues. Ses potes et lui sont partis pour quelques jours.*

Ce qui voulait dire qu'ils seraient seuls à la maison. L'esprit de Tessa passa en revue toutes les possibilités coquines qui s'offraient à eux.

— Tu reviens à la maison ?

— Dès que j'aurai installé papy. Toi, prends ton temps et détends-toi. Nous jouerons du marteau cet après-midi.

Se détendre paraissait une super idée. Sauf qu'avant cela, il y avait quelque chose qu'il fallait vraiment qu'elle fasse. Il avait travaillé comme un chien (ah !) afin de tout préparer pour faire les travaux, alors le moins qu'elle pouvait faire était de lui offrir un dîner mangeable. En insistant sur *mangeable*.

Entre l'aide de l'ordinateur, le site foodnetwork.com et quelques brûlures aux doigts, elle y parvint. À force de détermination elle persévéra tandis que le félin, entre autres créatures, insistait pour qu'elle subvienne aux besoins de... Mark.

Bien qu'elle ne fût pas certaine de comprendre ce que le félin en elle voulait lui dire. Le félin se focalisait sur des images de soleil, d'oreillers chauds et douillets et des journées à paresser devant le feu.

Tessa secoua la tête. Ouah. C'était étrange. Peut-être avait-elle trop travaillé avant d'arriver à Haines.

De toute évidence, son puma avait besoin de vacances.

Une fois nettoyés et rangés toutes les casseroles et tous les plats dont elle s'était servie, elle retira une couverture du canapé et l'étendit sur le pont. Tessa bougea une des chaises longues dans une position lui permettant de s'étendre au soleil en attendant le retour de Mark. Étrangement, c'était plus important pour elle de le voir arriver que de travailler sur quoi que ce soit d'autre.

Eh bien, au moins avec les procédures accélérées, un jour à paresser ne mettrait pas en danger le projet tout entier.

Bizarrement, ça se produisit à nouveau. Elle s'endormit et ne se réveilla que lorsque Mark posa une main sur son épaule.

— Salut.

Il souriait.

— Salut, à toi. Tu veux rentrer pour dîner ?

Dîner ?

— Comment se fait-il qu'il soit si tard ?

Il fit glisser ses bras sous elle et la souleva, avec la couverture.

— Eh bien, il y a cette grosse boule sur laquelle nous vivons, et qui s'appelle Terre, et elle tourne dans l'espace...

Tessa lui donna une tape dans l'épaule.

— Idiot.

Il frotta son nez contre le sien avant de la poser au sol, la retenant jusqu'à ce qu'elle retrouve son équilibre.

Elle ricana.

— C'était plutôt mignon.

Mark se figea.

— Quoi ?

— Ce côté tendre et attentionné. Je suis une puma adulte. Tu pourrais me laisser tomber, j'atterrirais toujours sur mes pattes, dit-elle en se mettant sur la pointe des pieds pour l'embrasser sur la joue. Quoi qu'il en soit, je te remercie.

Il la fixa un instant avant de prendre une profonde inspiration et changer de conversation.

— Il y a une odeur fantastique, par ici.

— Oh, c'est le dîner. Juste un instant.

Elle sautilla jusqu'à la mijoteuse et retira le couvercle. Lorsque qu'un bouquet incroyable chatouilla ses narines, elle faillit crier de joie.

Mark se faufila derrière elle.

— Je croyais que tu ne savais pas cuisiner.

— C'est vrai. Je parie que ça sent meilleur que ça ne l'est. Quelque chose risque de sortir à l'improviste et nous tuer tous les deux.

Elle plongea la cuillère dans le ragoût et osa goûter.

Mark saisit son poignet et guida la cuillère vers sa propre bouche.

Oh mon Dieu.

— Ne fais pas ça. Et si je t'empoisonnais ?

Il souffla sur la mixture fumante.

— Je pense que ça va aller.

Elle fut tentée de fermer les yeux quand il ferma les lèvres sur la cuillerée.

Mark resta debout à mâcher avec précaution. Elle retint sa respiration, s'attendant à ce que quelque chose de terrible se produise. Il semblait aller bien pour le moment, et un léger *hmm* approbateur arriva jusqu'à elle.

Puis il ouvrit les yeux en grand et cligna des yeux avant de s'écrouler au sol.

— Oh, mon Dieu, *Mark.*

Tessa se laissa tomber à genoux près de lui, s'avançant pour vérifier s'il étouffait. Si elle l'avait tué, elle ne se le pardonnerait jamais.

Au lieu de cela il roula et elle se retrouva piégée, son sourire enjôleur était de retour alors qu'il la serrait sous lui.

— Hmm, délicieux.

— Tu m'as fait peur !

Elle lui donna un coup de poing dans le torse. Elle allait le tuer pour de bon, cette fois-ci.

Il se pencha et l'embrassa.

— Désolé. Comment puis-je me faire pardonner ?

Tessa enroula ses jambes autour de lui et attira ses lèvres à nouveau sur les siennes, et l'embrassa fougueusement. Toute trace de sommeil s'était évanouie, remplacée par tout un tas d'autres choses.

Comme un grognement rauque qui s'échappait de son ventre. Mince, très sexy. Un vrai signe qu'elle avait sauté le déjeuner.

Mark éclata de rire contre sa bouche.

— Heureusement que tu as préparé le dîner, et il est savoureux.

— Nous n'en avons pas fini, le mit en garde Tessa.

Sa douce caresse sur son bras apaisa le félin en elle lorsqu'ils se relevèrent.

— Tu as passé une bonne journée ? demanda-t-il en attrapant des bols et des couverts.

Elle posa le ragoût sur la table, toujours stupéfaite d'avoir réussi à cuisiner quelque chose de mangeable.

— Je n'ai rien fait de la journée.

— Ça a du bon parfois, répondit Mark en se penchant pour humer le ragoût qu'elle lui avait servi. Attends la mi-janvier. Nous passerons plein de journées à paresser quand le soleil se couchera de bonne heure, et qu'il fera trop froid pour faire quoi que ce soit en extérieur.

Tessa frissonna.

— Du bois de chauffage. Des tonnes de bois de chauffage empilé, d'accord ?

— Bien sûr.

Le dîner se déroula tranquillement, sa joie grimpait d'un cran à chaque bruit satisfait qu'émettait Mark. Elle n'était pas une fée du logis, mais elle pouvait le nourrir. Ouah, elle n'avait jamais imaginé comme cela pouvait être gratifiant.

Ni combien cela pouvait être érotique. Mark prit une cuillerée et l'engloutit joyeusement, une petite goutte de sauce perlait à la commissure de ses lèvres. Instinctivement, Tessa toucha l'endroit du doigt et l'essuya.

Il attrapa son poignet et le maintint ainsi jusqu'à ce qu'elle le regarde dans les yeux. Puis, lentement, posément, il lui lécha le doigt.

Elle déglutit. Une décharge se propagea de l'endroit où

sa langue s'était posée et parcourut tout son corps, comme s'il avait léché son bouton d'amour.

Oh la vache.

Où cela allait-il les mener ? Deux jours auparavant ils avaient batifolé, mais à cause de ses étranges épisodes de sommeil intempestif, il avait laissé cela en suspens beaucoup trop longtemps. Elle ne serait pas contre un peu plus d'action, même s'il était encore beaucoup trop tôt pour s'engager dans quelque chose ressemblant au *véritable amour*.

Il lâcha sa main brutalement et focalisa son attention sur les restes de nourriture dans son bol.

Tessa hésita, ne comprenant pas vraiment ce que signifiait la façon dont il s'était écarté.

— Mark ? Ai-je fait quelque chose de mal ?

— Tu ne fais rien d'autre que d'être toi-même, mais ça me tue, répondit-il en levant les yeux. J'ai envie de toi.

Frisson instantané, partout dans son corps, réponse physique des pieds à la tête.

— Et ça me va très bien.

— Sauf que je ne peux pas me contenter d'une partie de toi, dit-il en regardant par-dessus son épaule.

Il avait le regard fixe lorsqu'il reprit :

— Tu es ma partenaire, et le loup en moi pense que je suis dingue, mais jusqu'à ce que tu sois prête à m'accepter intégralement, je ne peux pas... je pensais y parvenir, mais je ne peux pas faire l'amour sans aller trop loin.

Son sang ne fit qu'un tour, si rapidement qu'elle aurait très bien pu s'évanouir.

— Trop loin ?

— Apposer ma marque. Te prendre comme partenaire officielle, expliqua-t-il en s'écartant de la table pour mettre de la distance entre eux. Je sais que j'ai dit que je pouvais flirter, mais je n'étais pas conscient à quel point le fait que nous soyons partenaire m'affecterait. Peut-être que si j'étais un loup plus fort je pourrais le supporter. Peut-être que si tu n'étais pas juste là, mais je ne suggère pas que tu ailles ailleurs, parce que ça ne ferait qu'empirer les choses.

Elle avait la bouche sèche.

— Tu ne veux pas que je sois près de toi, mais tu refuses que je m'en aille ?

Mark se frotta le front.

— Je m'explique vraiment mal, et j'en suis désolé. J'essaye de toutes mes forces de te donner tout ce que tu m'as demandé, à savoir du temps pour que nous tombions amoureux. Alors il va falloir que nous trouvions un moyen de passer du temps ensemble sans s'embrasser ni s'exciter.

Quelque chose s'agitait en elle, et ce n'était pas seulement sa libido qui gémissait.

— Oh. D'accord. Ça me paraît logique.

Le seul fait de l'avoir mis mal à l'aise, la mettait mal à l'aise *elle aussi*, et ce changement de jeu prévu pour ce soir, l'agaçait.

Même si jouer aux petits chevaux ou faire un puzzle n'était pas ce qu'elle désirait, elle respectait sa sincérité.

— Merci de m'en avoir parlé.

— Ouais, dit-il ironiquement. Tu veux aller courir ?

Mercredi

Tessa avait délibérément réglé son alarme pour être certaine de se réveiller à l'heure. En revanche, lorsqu'il sonna, elle se tourna, à deux doigts de s'endormir à nouveau, tandis que l'odeur de Mark dont étaient imprégnés les draps faisaient danser ses hormones dans ses veines.

Du moins jusqu'à ce qu'elle the souvienne que la raison

pour laquelle il y avait son parfum n'avait rien avoir avec des ébats torrides. C'était son lit, par conséquent il y avait son parfum. Pas d'orgasmes nocturnes, pas de plaisirs sonores ou même de simples câlins ne les avaient rapprochés.

Elle se força à s'extirper de sous les couvertures en se demandant ce qui provoquait cette grosse fatigue dont elle souffrait ces derniers jours. Sauf que ça n'avait rien d'une fatigué liée à l'épuisement, c'était plus comme si elle était trop détendue pour avoir envie de passer d'une tâche à l'autre comme à son habitude.

Un bruit de martèlement l'attira au rez-de-chaussée où elle trouva Mark qui jouait du marteau. Il était torse nu, ses muscles se contractaient à mesure qu'il bougeait avec précision et un léger voile de sueur faisait briller sa peau.

Elle se cramponna à une poutre de bois brut de cinq centimètres sur dix qui se trouvait à l'entrée de la pièce pour s'empêcher de lui sauter dessus, au propre comme au figuré.

Au lieu de cela, Tessa se racla la gorge.

— Tu veux un petit déjeuner ?

Il s'interrompit et leva la tête en lui décochant un magnifique sourire qui lui fit chaud au cœur.

— Bonjour. Un petit déjeuner serait super. Eh, j'ai récupéré une nouvelle machine à café, une de celles où il suffit d'ajouter de l'eau. Essaie-la. Sur le comptoir, il y a toute une boîte de ces trucs décaféinés qu'il faut mettre dedans.

— Merci, dit-elle en s'agitant gauchement avant de faire demi-tour.

Café, petit déjeuner. Eh bien, bon sang, elle allait accumuler de l'énergie pour l'aider à manier le marteau sur les planches.

Au premier étage, un de ses Post-it® attira son attention

et lorsqu'elle s'approcha elle remarqua qu'il avait écrit un commentaire sous ses suggestions pour l'éclairage.

Excellente idée. Ça mettra en valeur les sièges de cette zone. Bravo.

Tessa le fixa un instant puis se mit à parcourir tout l'étage pour lire les commentaires qu'il avait ajoutés sur chacune de ses notes. Elle garda en elle cette sensation de chaleur en se forçant à s'activer pour la journée.

Jeudi

Mark dressa cinq cloisons, trois chambranles de portes, posa quelques sous-planchers et attaqua la plomberie des salles de bains des suites familiales.

Pendant l'après-midi il coupa une stère de bois et la rangea dans le hangar à bois.

À chaque fois qu'il apparaissait à un coin du bateau et qu'il apercevait Tessa en train de plancher sur la liste des choses à faire qu'ils avaient dressée au petit déjeuner, son envie d'elle refaisait surface, et cependant, à chaque fois il parvenait à l'ignorer d'une façon ou d'une autre.

Se coucher la nuit dans le lit simple de grand-père était une torture particulière, car il savait qu'elle était là, juste derrière la cloison.

C'était chiant d'être noble.

Vendredi

Mark finit la charpente qui aurait dû prendre au moins trois semaines, et s'attaqua au câblage électrique.

Tessa parcourut plusieurs ouvrages traitant des repas pour groupes, mit au point des exemples de menus pour le B&B, fit une sieste, créa quelques prospectus publicitaires, lava tous les draps et le linge de maison, fit une autre sieste, frotta et lustra toutes les vitres, même celles qui se trouvaient si haut qu'elle dut se tenir en équilibre sur la dernière marche de l'escabeau.

Seul l'email de sa meilleure amie, lui annonçant qu'elle revenait en ville le lendemain matin, l'empêcha de tourner en bourrique.

Mark se montrant noble ? C'était chiant.

8

Ils franchirent les portes de la maison de la meute.

Mark appréhendait un peu cette rencontre à venir. Tessa lui tenait le bras et se tenait tout près de lui. Le fait qu'elle le touche et qu'elle le colle rendait les choses plus faciles.

J'aime ma meute. J'ai confiance en ma meute.

Il se répétait mentalement ces mots aussi fort qu'il le pouvait afin de faire taire la petite voix dans sa tête qui lui murmurait que c'était une mauvaise idée d'amener sa partenaire non encore officielle, sa superbe, impulsive et sexy partenaire, dans un endroit rempli de mâles métamorphes.

Le fait qu'elle soit un félin se plaçait aussi très haut sur la liste des problèmes, mais le loup en lui était beaucoup plus préoccupé par l'autre problème, allez comprendre pourquoi.

Tessa poussa un petit cri d'excitation et se mit à s'agiter d'un coup en levant le bras pour faire des gestes frénétiques.

— Keri. Te voilà. Youpi !

Une vague de soulagement le parcourut devant son

enthousiasme, c'était la première fois depuis ces derniers jours que Mark pouvait dire que Tessa se comportait avec toute son énergie habituelle. Le temps d'un battement de paupières et sa partenaire ne se contenait plus. Keri se précipita pour la rejoindre et les deux se prirent dans les bras l'une de l'autre en une folle accolade, tandis que Jared, le partenaire de Keri, les regardait amusé.

Mark s'approcha plus posément, mais à temps pour entendre les deux amies commencer à discuter, blotties sur le canapé le plus proche, pour se raconter les derniers potins.

Jared se tenait derrière elles, une hanche appuyée contre le canapé. Il donna un petit coup dans le bras de Mark.

— Eh bien, ça alors ! Keri m'a tout raconté au fait. Toi et Tessa, partenaires, le côté félin.

Mince.

— Ouais.

— Si t'as besoin de quoi que ce soit, dis-le-moi, ajouta Jared en souriant. Bien sûr, maintenant je me demande ce qu'il serait arrivé si tu avais réussi à embarquer pour cette croisière en juillet. Tu serais devenu fou pendant tout le voyage.

En revanche, sur le bateau ils n'auraient pas été constamment dans les pattes l'un de l'autre.

— C'est un mal pour un bien. Keri et toi ne vous seriez pas rencontrés autrement.

— Ça en vaudra la peine, au bout du compte, conclut Jared en lui donnant une tape dans le dos. Viens, allons chercher des boissons pour les filles.

Le fait que Jared répète exactement les mêmes paroles que TJ, une phrase que Mark avait prise pour un simple mantra, apaisa le loup en lui. Mark se pencha vers le canapé et approcha ses lèvres de l'oreille de Tessa pendant qu'elle parlait à sa meilleure amie.

— Désolé de t'interrompre. Que désires-tu boire, quelque chose de chaud ou de frais ?

— Une boisson fraiche, s'il te plait, mais pas...

— Pas de caféine. Je le sais.

Keri gloussa.

— Il connait déjà tes goûts.

Tessa lui tira la langue.

Cette plaisanterie légère aurait dû le détendre, mais Mark était beaucoup trop à cran pour oublier ses craintes. Il lui serra l'épaule.

— Nous revenons tout de suite. Reste avec Keri.

Tessa plissa légèrement les yeux en le regardant, d'un air interrogatif, mais elle ne protesta pas.

— Euh, bien sûr.

Il s'écarta, et chaque pas qui l'éloignait de Tessa lui était pénible. Douloureux.

— Tu es sur les nerfs, lui fit remarquer Jared.

— Je ne peux pas m'en empêcher.

Mark balaya la pièce du regard, toisant tous les loups solitaires. Les messes basses avaient déjà commencé dans la pièce. Il tourna les yeux vers les deux groupes qui semblaient les plus dangereux, les plus intéressés par Tessa ou les plus dégoûtés par la présence d'un félin parmi eux.

— Ça ne risque pas d'arriver d'après ce que Keri raconte à propos de son amie.

— Ouais, elle... n'a vraiment rien d'une louve.

Mark croisa le regard de l'Alpha de la meute et lui fit un signe de tête poli. Keil lui répondit d'un clin d'œil puis se retourna vers la pièce, alors Mark se détendit un peu.

Si quelque chose devait arriver, il défendrait sa partenaire, mais comme l'Alpha était de toute évidence de son côté, le reste de la meute y réfléchirait à deux fois avant de faire n'importe quoi.

Jared ricana doucement.

— N'essaie pas de jouer au poker ce soir. Tu n'arrives pas à maîtriser tes expressions.

— Si tu étais à ma place, tu réagirais pareil.

Mark s'avança vers le membre de la meute derrière le bar.

— Deux eaux minérales avec une tranche de citron.

— Je perdrais complètement les pédales, acquiesça Jared. Et je boirais quelque chose de plus fort.

— Pas avant d'être certain de ne pas avoir besoin de me battre.

Mark se retourna pour patienter, gardant ainsi le canapé où discutaient les deux femmes en ligne de mire.

— Bien vu, répondit Jared en toussant légèrement. Non que je pense que ce sera nécessaire, mais au cas où ? Je suis avec toi, d'accord.

Sympa. Jusqu'à présent Jared et lui n'étaient pas des amis proches, justes des copains de meute et copains de beuverie à l'occasion, mais comme leurs partenaires respectives étaient cul et chemise, il y avait de grandes chances qu'ils se voient souvent.

Il se tourna vers l'autre loup et lui tendit la main.

— Merci. J'apprécie beaucoup.

Jared accepta la poignée de main.

— C'est normal. Et puisque Keri parle déjà de tous les barbecues et les trucs auxquels elle va vous inviter tous les deux, autant que tu le saches, à cause de ta réputation en cuisine. Tu es un vrai chef.

— Mais au vu de ton portefeuille, c'est toi qui achètes les steaks.

Son nouvel ami éclata de rire.

— Marché conclu.

Mark se retourna à nouveau pour surveiller Tessa et son cœur fit un bond car il ne la voyait plus. Une des célibataires de la meute s'était mise entre eux. Cette grande femme lui décocha un sourire ravageur en faisant glisser un doigt le long des boutons de sa chemise.

— Mark. Je ne t'ai pas vu depuis des jours. C'est bien que tu sois venu te joindre à nous.

— Linda, répondit-il en attrapant son poignet avant que ses mains ne descendent plus bas.

Une semaine auparavant il aurait apprécié ses doigts fureteurs, mais aujourd'hui son contact lui démangeait la peau.

— Que fais-tu ?

Elle prit une profonde inspiration, se rapprochant suffisamment pour que son bassin cogne contre le sien, le gonflement de sa poitrine s'appuyant sur son torse.

— Je dis bonjour. Tu sais, tu n'as pas besoin de t'encanailler.

Le loup en lui grogna en réaction à l'insulte envers Tessa. Mark allait repousser Linda, mais il n'en eut pas l'occasion.

Tessa arriva, se glissa entre eux, frottant son derrière chaud contre son entrejambe. Elle croisa les bras et s'appuya contre lui.

— Bas les pattes. Il est à moi.

Le frisson que ses mots provoquèrent en lui ne changea rien au fait qu'à présent tout le monde dans la maison de la meute dressait l'oreille, du loup le plus puissant au loup le plus insignifiant.

Mark caressa doucement les bras de Tessa.

— Je m'en occupe.

Linda ne battit pas en retraite. Au lieu de cela, elle haussa les sourcils.

— Que veux-tu dire, il est à toi ? répéta-t-elle en se penchant pour renifler. Je sens un loup disponible.

Il y avait plus de monde autour d'eux maintenant, et Mark tenta de faire passer Tessa derrière lui.

Elle ne l'entendit pas de cette oreille et se posta devant le visage de Linda.

— Peut-être que ton pif est défectueux.

L'autre femme haussa les épaules, se pencha pour attraper un verre sur le comptoir, le leva au-dessus de la tête de Tessa et le renversa, la trempant complètement.

D'un air satisfait Linda jeta le verre sur le côté et croisa les bras de manière insolente.

— Nan, mon pif fonctionne tout à fait. À présent je sens le chat mouillé.

Il voulut gifler Linda, mais dans le cercle, son Alpha secoua la tête. Robyn et Keil restaient sur leurs gardes, tout à fait conscients de ce qui était en train de se passer. Mark faisait de son mieux pour se contrôler, mais obéit à Robyn lorsqu'elle posa un doigt sur ses lèvres pour lui intimer de ne rien dire.

S'il avait cru que ne pas être intime avec Tessa était la situation la pire qu'il avait vécue, eh bien il avait eu tort.

Ne pas défendre sa partenaire était de loin la chose la plus difficile qu'il avait jamais eu à faire.

L'eau froide inattendue colla sa chemise à son corps, et un léger ploc, ploc, ploc résonnait des gouttes tombant de ses cheveux sur le sol. Toute la pièce s'était tue pendant que Tessa analysait la situation.

Elle n'était pas idiote. La tension était à son paroxysme depuis qu'ils étaient entrés. Même quand sa meilleure amie et elle étaient en train de parler elle s'était rendu compte que ça discutait en sourdine dans la pièce.

Elle avait remarqué la fauteuse de trouble bien avant l'agression et avait préparé sa réponse. L'eau glacée avait été une surprise, mais elle n'était pas en sucre.

Tessa avait même surpris un petit signe de l'Alpha, une femme charmante qui était assez intelligente pour gérer tous les jours une meute de loups indisciplinés, sans parler de son balourd de partenaire qui se tenait à ses côtés.

Il devait y avoir une raison pour laquelle Robyn voulait que cette altercation soit celle de Tessa.

C'était la raison pour laquelle elle avait évalué mentalement et rapidement les options qui s'offraient à elle en écartant toute réaction impulsive. Une confrontation physique directe ne prouverait rien. Si elle voulait se faire accepter par ces gens, si non seulement elle voulait mener une affaire ici mais aussi se mettre en couple avec un des leurs, elle ne pouvait pas commencer en se les mettant à dos.

Cependant elle ne pouvait pas non plus se montrer faible.

Alors elle opta pour l'option la moins évidente. Elle laissa échapper un long soupir dramatique.

— Tu as raison. Les naseaux des loups sont beaucoup plus développés que ceux des félins.

Linda inclina la tête et jubila.

Soudain, Tessa tendit la main et chopa la femme par la gorge.

— Mais il est toujours à moi.

Tout le monde fut surpris par son geste rapide et un grondement sourd parcourut la foule.

— Tu ne l'as pas marqué et tu n'es pas en couple officiellement, cria quelqu'un dissimulé dans le groupe.

Bien vu. Tessa lâcha le cou de Linda en lui tapotant la joue avant de hocher la tête.

— C'est exact, même si un peu partout dans le monde, on ne construit pas une relation avec un peu de salive et un jouet à mâcher. Cependant, afin qu'il n'y ait aucun doute. Hey, Keri ?

Son amie se fraya un chemin dans la foule.

— Oui ?

— Un marqueur, s'il te plait.

Keri enleva le sac à dos qu'elle avait toujours à l'épaule et y fouilla.

— Tu as une couleur préférée ?

— Nan.

Même si rose vif aurait été rigolo, Tessa garda le regard fixé sur la femme qui avait commencé l'altercation, espérant que la curiosité retiendrait les autres de s'en mêler.

Le marqueur demandé vola dans la pièce et Tessa l'attrapa au vol puis se tourna d'un coup pour faire face à Mark. Il lui lança un coup d'œil avant de se concentrer sur ses copains de meute pour surveiller tout danger potentiel.

— J'espère que tu sais ce que tu fais, marmonna-t-il.

Elle attrapa sa chemise et l'ouvrit violemment en faisant voler les boutons au sol. Elle émit un petit son admiratif en appréciant les muscles qu'elle venait d'exposer.

— Fais-moi confiance.

Puis elle posa la mine du marqueur sur sa peau et traça *Propriété de Tessa Williams* en lettres capitales de cinq centimètres.

— Le bleu marine te va bien. Ça fait ressortir la couleur de tes yeux, dit-elle en posant une main à l'endroit où son cœur battait la chamade. Voilà, vous pensez que ça ira pour le moment ?

Mark baissa les yeux.

— C'est du marqueur indélébile ?

Elle jeta un coup d'œil sur l'étiquette.

— Ouaip.

— Tu devrais être tranquille pendant quelques semaines si je te promets de ne pas l'effacer.

Tessa caressa sa peau exposée aux yeux de tous.

— Est-ce qu'ils s'en vont ? murmura-t-elle.

Il regarda par-dessus son épaule puis son visage.

— Tout le monde, à part Keri, semble très occupé tout à coup. Je pense que nous sommes sains et saufs.

— Bien, dit-elle en essayant de fermer sa chemise avant de jurer doucement. Désole, mais on dirait que tu as perdu quelques boutons.

Il se débarrassa de sa chemise d'un mouvement d'épaules.

— Je vais me balader torse nu pendant un moment, pour m'assurer que tout le monde a bien ton message, répondit-il en lui prenant le menton avec un sourire. Tu es vraiment imprévisible.

— Et gentille, aussi. J'ai hésité à l'écrire sur ton front.

Elle se blottit contre sa chaleur, étrangement heureuse de la tournure de la soirée.

— Bravo, dit une voix grave.

Elle se retourna et vit les Alphas Keil et Robyn debout à quelques centimètres d'eux.

Mark se redressa et inclina la tête poliment.

— Désolé pour le remue-ménage.

— Ce n'est pas de ta faute.

Keil jeta un regard vers Tessa qui toussa doucement.

Ouais, d'accord. Elle était complètement responsable.

— Salut.

Le chef de la meute de Granite Lake paraissait extrêmement sérieux jusqu'à ce que sa partenaire lui donne un petit coup de coude. Alors il éclata de rire.

— Bien. Robyn veut que je vous dise que nous serions heureux de vous avoir tous à deux à dîner plus tard dans la semaine.

Chouette.

— Nous serions ravis, répondit Tessa en mêlant ses doigts à ceux de Mark. Pouvons-nous apporter quelque chose ?

Keil se tourna vers sa partenaire et bougea les mains pour lui parler en langue des signes. C'était une des plus belles choses qu'elle ait jamais vues. Immédiatement elle mit mentalement *apprendre la langue des signes* sur sa liste des choses à faire.

Keil les regarda à nouveau.

— Si vous pouviez apporter le dessert, ce serait génial. Je vous appellerai plus tard pour fixer la date.

Mark se pencha pour lui murmurer à l'oreille :

— C'est moi qui cuisine.

— Chut, tes Alphas nous écoutent. Sois poli.

Robyn n'avait pas arrêté de sourire, et maintenant elle tendit à Tessa une main qu'elle saisit avec plaisir, touchée par le geste.

Les Alphas s'excusèrent, se promenèrent dans la maison de la meute en parlant aux gens et en s'assurant que tout était revenu à la normale. Les tensions semblaient s'être dissipées après le petit spectacle de Tessa, alors elle se colla à Mark et l'entraina à l'endroit où ils étaient assis au départ.

Vraiment, la soirée avait été plutôt agréable, à part l'humidité qui se collait à son corps.

Keri secoua la tête.

— Fauteuse de troubles.

— Eh, ce n'était pas de ma faute.

Tessa croisa les jambes sous elle et se détendit sur le canapé. Mark avait posé son bras sur le dossier du canapé et l'entourait sans la toucher. C'était douillet et chaud et elle eut envie de ronronner. De toute la journée, elle n'avait jamais été aussi proche de lui.

— Enfin, ce n'était pas *que* de ma faute. Il fallait bien que ça arrive, et ce n'est peut-être pas la dernière fois que quelqu'un aura des objections au fait qu'il y ait un félin dans le coin. Nous gérerons !

Jared regarda l'inscription au marqueur.

— Ce que je ne comprends pas, et excuse-moi car je ne suis qu'un simple loup… Pourquoi ?

— Pourquoi quoi ?

Il poursuivit.

— Pourquoi le revendiquer comme partenaire sans vraiment le revendiquer ? Je veux dire, si tu ne veux pas de Mark comme partenaire, je peux le comprendre. Je suis sûr que tu trouveras mieux, dit-il en faisant un clin d'œil pour montrer qu'il plaisantait.

Mark grogna.

— Tu n'arranges pas les choses.

Elle hésitait.

— Mark soutient que nous sommes partenaires. Tu penses qu'il ment ?

Leurs visages affichèrent une expression choquée.

— Euh, pourquoi mentirait-il sur quelque chose comme ça ? demanda Keri en fronçant les sourcils. Je n'ai jamais entendu parler d'un loup qui *mentirait* à ce propos.

— D'accord. Alors… dès que nous nous connaitrons un peu mieux avec le temps, je pense qu'il y a de grandes chances qu'il soit fait pour moi. Je ne laisserai personne lui baver dessus.

Keri hocha doucement la tête, puis se leva d'un bond.

— Viens, il faut que je te parle.

Renversement total de la situation car cette fois-ci c'était Tessa qui était trainée dans la pièce vers la porte d'entrée.

Les gars se levèrent, mais Keri leur fit un geste pour qu'ils s'arrêtent.

— Toutes seules. Accordez-nous un instant.

Il y avait de l'animation dans la meute ce soir. Tessa fit un signe en direction du groupe de femmes où Linda s'était réfugiée. Deux secondes plus tard elle était dehors au bas de l'escalier, le dos plaqué contre la clôture par sa meilleure amie.

Keri la fixait.

— D'accord. C'est le moment de dire les choses clairement. Tu as complètement perdu la tête ?

Bon sang, qu'y avait-il ?

— Pas plus que d'habitude. Qu'est-ce qui ne va pas ?

— C'est toi qui ne vas pas ! Je n'arrive pas à croire que toi, qui as vécu toute ta vie parmi les loups, tu te comportes ainsi.

Keri s'interrompit et passa ses mains dans ses cheveux.

— Ce que je veux dire, c'est, d'accord tu as été géniale pour le coup du marqueur. Et oui, je comprends vaguement ton envie d'être aimée avant de rendre les choses officielles...

Il y avait un *mais* qui flottait dans le silence qui s'installa.

— *Quoi* ?

Sa meilleure amie secoua la tête.

— Mark dit que vous êtes partenaires. Et tu le crois, plus ou moins, plutôt plus que moins. Tu viens de marquer ta propriété... et maintenant ?

— Et maintenant nous allons créer un B&B dans le bateau à roues.

Keri lui donna un coup dans l'épaule.

— Non. Tu vas être gentille avec cet homme et le laisser tranquille.

Elle ne comprenait toujours pas.

— Nan. Tu m'as perdue.

Keri l'attira plus près d'elle.

— Lorsque nous étions sur le bateau de croisière, et que j'ai reniflé Jared. Je te jure que ça a été un véritable enfer d'attendre de voir ce qui n'allait pas avant de se mettre enfin en couple. Tu viens de me raconter tout ce que Mark a fait dans le B&B. Toutes ces tâches et ce travail acharné pour te rendre heureuse... Alors, *bon sang*, qu'est-ce que tu attends ? Qu'il te déclame des poèmes et te dise les phrases bien précises que tu souhaites entendre ?

— Est-ce mal de vouloir du romantisme ? De souhaiter de jolies attentions et des mots doux ? « Je donnerais ma vie pour toi », et tout ce genre de choses.

Sa meilleure amie éclata de rire.

— Oh Tessa tu mélanges le romantisme des films avec celui de la vraie vie. Personne ne fait les choses de la même manière, n'est-ce pas ? Personne ne prononcera *Je t'aime* de la même façon.

Tessa ne démordait pas de ses idéaux, même s'ils commençaient à s'étioler un peu.

— Mais Roméo et Juliette...

L'expression de Keri se fit plus dure et Tessa s'interrompit rapidement avant de se faire mordre.

— S'il y avait bien un couple bizarre... Comment finit l'histoire déjà, Tessa ? Des partenaires qui s'écoutent ? Qui vieillissent ensemble ? Ce n'est pas du romantisme, ce n'est que de l'égoïsme, de pauvres gens qui se plantent en beauté.

Les reproches de son amie remplirent Tessa de honte.

— Je me suis tellement focalisée sur les rénovations et sur tous les plans pour lesquels je suis venue à Haines que je n'ai pas réfléchi.

Keri leva les yeux au ciel.

— Assez d'excuses. Je ne suis pas en train de te dire qu'il faut que tu l'acceptes comme ça.

— Non ?

Son amie la fixa et prit un ton plus détaché.

— D'accord. Bien. Donc tu me dis que tu ne te sens pas plus proche de lui que quand tu l'as rencontré ? Comme je vois les choses, il pourrait très bien commencer à ressentir quelque chose pour Linda. Et outre le fait que tu n'aimes pas les restes, ça ne te dérangerait pas tant que cela si c'était elle qui se trouvait blottie sur ses genoux, à promener ses doigts sur son corps...

— Eh !

Cette idée lui provoqua une bouffée de colère.

— Tu deviens méchante !

— Je suis honnête.

Tessa se figea car l'expression sérieuse de son amie la poussait à écouter, pas seulement les mots, mais à la contrariété persistante à l'idée d'imaginer Mark avec quelqu'un d'autre.

Keri baissa la voix, et parla plus lentement.

— Je réalise qu'étant une louve, je ne peux pas vraiment comprendre ce que tu veux dire. Ce qu'il y a en moi ne comprend pas ce que tu désires. Je t'entends dire que tu veux attendre l'idée d'éternité entre vous, attendre le parfait coucher de soleil ou que sais-je d'autre. Mais ça n'a pas de sens.

Si même son amie ne pouvait pas comprendre, alors qu'en était-il de Mark.

Keri saisit fermement le bras de Tessa.

— Peut-être dirait-on que je dénigre tes choix, et ce n'est pas mon intention. Tu es une amie très proche, Tessa, et tu es une très très belle personne. Pourtant, ce que tu fais n'est pas bien. Tu tortures un homme merveilleux, parce que vouloir être partenaire *ici et tout de suite* n'est peut-être pas ce que les félins font, mais il n'est pas un félin. Et à force de pousser le loup à bout, il risque de se briser.

9

———

Tessa avait été étrangement calme depuis que Keri et elle étaient revenues dans la maison de la meute. Elle reprit sa place dans ses bras, mais à présent tout agitation semblait l'avoir désertée.

Inquiet, Mark lui caressa doucement le bras.

— Tu vas bien ? Que t'a dit Keri ?

— Rien que la vérité, dit-elle en clignant des yeux.

Son cœur se brisa.

— Tu pleures ? demanda-t-il en lui touchant la joue. Ne sois pas triste. Il n'existe rien que nous ne puissions affronter ensemble, d'accord ?

Mais ça ne parut qu'aggraver les choses.

— On peut rentrer à la maison ? demanda-t-elle doucement.

— Bien sûr.

Il l'aida à se relever. Ils saluèrent leurs amis et Mark résista à l'envie de lancer un regard noir à Keri pour ce qu'elle avait fait qui avait bouleversé Tessa.

Le court trajet en voiture jusqu'à la maison se passa en silence. Les lumières extérieures étaient allumées et le dernier étage scintillait grâce aux nouvelles appliques qu'elle avait choisies et qu'il s'était empressé d'installer.

— Tu as choisi les appliques parfaites. J'adore comment elles brillent, lui fit-il remarquer.

Tessa esquissa un sourire qui n'illumina pas ses yeux. Elle le tira pour qu'il s'arrête avant qu'ils n'atteignent la porte.

— Attends. J'ai besoin de... faire un tour.

La nuit devenait de plus en plus déroutante.

— Bien sûr.

Elle serra ses doigts autour des siens pour le pas le laisser partir. Le contact de sa peau dans sa main, il n'avait jamais été adepte du concept plaisir/douleur avant, mais depuis qu'il était avec elle sans vraiment être avec elle, il apprenait vite.

Elle ne semblait pas vouloir aller quelque part en particulier. Ils passèrent devant le hangar à bois, sous les pales de la roue du bateau fraichement repeinte en vert foncé comme elle l'avait préconisé, puis firent le tour par le trottoir de devant qu'il avait commencé à élargir.

Tessa l'entraina à l'intérieur et ils parcoururent les chambres qui étaient prêtes et n'attendaient plus que le placoplâtre qui avait été commandé car il s'était trouvé à court de matériaux de construction. En attendant les livraisons, il avait commencé à construire du mobilier.

Elle passa ses doigts sur la surface fraichement sablée d'une colonne de lit, toujours en silence. Sans expliquer ce qui n'allait pas.

Le loup en lui faillit jaillir lorsqu'elle sourit enfin. Un vrai sourire.

— Viens à l'étage, j'ai quelque chose à te montrer.

La bête se calma assez pour monter l'escalier près d'elle sans paniquer. Mais quand elle s'arrêta dans la cuisine, entre toutes les pièces, il ne pouvait plus se contenir.

— Tessa, qu'est-ce qui ne va pas, bon sang ? Que t'a dit Keri ?

Elle tapota la nouvelle machine à café posée sur l'îlot central.

— Keri m'a dit d'ouvrir les yeux et d'arrêter de me comporter comme une idiote.

Elle le tira à nouveau pour l'entrainer vers l'immense espace ouvert où se tiendrait la table géante destinée à accueillir les repas de groupes. Lorsqu'elle le fit s'installer sur le sol, il hésita.

— Tessa, ce n'est pas une bonne idée.

S'il se mettait par terre avec elle, elle pourrait bien ne pas se relever de toute la nuit.

— Je vais juste aller...

— Reste, lui ordonna-t-elle. Je dois te dire quelque chose d'important.

Il s'agenouilla en conservant un peu de distance entre eux.

Elle regarda l'espace et soupira tristement.

Il avait le cœur serré, mais pas brisé. Pas encore. Pas avant qu'elle n'ancre son regard dans le sien, les yeux pleins de larmes.

Sans réfléchir, Mark s'avança et la prit dans ses bras et tendrement sur ses genoux, maintenant sa tête contre son épaule en la berçant. Le lien entre eux était aussi brûlant qu'un fer à marquer, mais il trouverait la force de lui donner ce dont elle avait besoin sans revendiquer.

Elle caressa sa joue de ses doigts.

— Tu le dis depuis le début, n'est-ce pas ?

Il s'arrêta, en partie parce que son contact déclenchait

des pointes électriques dans tout son corps, et en partie parce qu'il ne savait pas vraiment ce qu'elle voulait dire.

Elle se tortilla pour se redresser et prit son visage de ses deux mains.

— Tu le dis depuis le début et je n'écoutais pas. C'est la claque que m'a assénée Keri derrière la tête, je suis un félin et tu es un loup. Ce n'était pas idiot ce que m'a dit mon frère il n'y a pas si longtemps que ça.

— Tony ?

Avait-elle parlé à sa famille ?

— Ce qui me rappelle que je voulais te proposer d'inviter tout le monde à nous rendre visite. Ta mère, ton père, Tony. Quand ça les arrangera. Nous aurons de la place...

Elle couvrit sa bouche pour interrompre le flot de paroles et, nom d'un chien, il agonisait car après ces quelques jours sans l'avoir goûtée, jamais il ne parviendrait à convaincre son loup d'arrêter. Tout en lui s'agitait et le chamboulait, et le mot *désir* était trop faible pour décrire ce qu'il ressentait.

Mais ses lèvres étaient douces et il avait les doigts sur ses hanches, luttant pour garder sa maîtrise.

Leurs langues se mêlèrent. Le tremblement se propageait, jusque dans ses bras.

Lorsqu'elle mit ses mains dans ses cheveux et se baissa en arrière en l'attirant à elle, il était déchiré entre l'envie d'enlever leurs vêtements et l'inquiétude qu'elle se blesse sur le plancher.

Elle sentit son corps se détendre quand ils s'embrassèrent, son entrejambe était collée à la sienne et il avait peur d'entrer en éruption spontanément. Mark roula et la fit passer sur lui pour la protéger du froid et de la dureté du sol.

Ses gencives le démangeaient tant il avait envie de la marquer, de la prendre, de la posséder. Mais au moins il ne faisait rien de fou pendant qu'elle l'embrassait.

Tessa posa ses mains à plat sur son torse et se redressa, chevauchant ses hanches et le maintenant au sol. Enfin, autant qu'un poids plume comme elle pouvait le piéger.

Elle régula sa respiration et le magnifique sourire dont il était tombé amoureux était de retour et illuminait son visage.

— Es-tu seulement conscient de le faire ?

— D'être allongé par terre à m'efforcer de ne pas te violer ? Oh que oui, mon cœur, j'en suis conscient.

Elle secoua la tête.

— J'ai évoqué ma crainte du froid de l'hiver, et tu as rempli le hangar d'au moins deux ans de bois de chauffage. Je manque de briser ta machine à café, et tu m'en achètes une autre. Tu as travaillé comme un forcené et tu as écouté la moindre chose que j'ai dite, et j'ai tellement honte de moi...

Il se pelotonna contre elle pour tenter de la rassurer, toute tension sexuelle s'était temporairement évaporée.

— Eh, arrête ça. Tu n'as rien fait de mal.

Tessa inclina la tête sur le côté.

— Peut-être pas si tu avais été un félin, mais tu es un loup. Et même si tu étais un félin, je suis coupable d'une chose terrible : je ne t'ai pas écouté. Pas comme toi tu l'as fait. Peux-tu me pardonner ?

Mark était décontenancé, mais...

— Bien sûr. Je te pardonne. Mais, vas-tu m'expliquer ce que je suis censé te pardonner ?

Elle frotta légèrement son torse.

— J'avais mon propre agenda en tête lorsque je suis arrivée, et ce n'est pas mal. C'est important pour moi d'avoir des buts, même si nous sommes partenaires, et il est hors de question que j'arrête de réfléchir à des choses ou de faire des projets.

— Je ne voudrais pas que tu le fasses, insista-t-il.

Elle hocha la tête.

— Je le sais, et c'est pour cela que je suis désolée. J'avais une idée de ce qu'« être amoureux » impliquait et comme tu ne faisais pas ces choses-*là*, je me suis dit que nous devrions attendre. Je n'écoutais pas ce que tu me disais vraiment.

Son cerveau s'était bloqué sur une partie de sa confession.

— Tu t'es dit que nous devions attendre, cela signifie-t-il que... nous n'avons plus besoin d'attendre ?

Tessa s'interrompit.

— M'aimes-tu ?

— Bien sûr que je t'aime, répondit-il le cœur battant la chamade. Je veux dire, je serai encore plus amoureux à mesure que le temps passera, mais aujourd'hui je peux dire en toute sincérité que je t'aime.

— Tu m'aimes parce que nous sommes partenaires...

Mark éclata de rire.

— Tu es restée bloquée là-dessus, pas vrai ? Je sais que les félins n'agissent pas ainsi. Mais, Tessa, je t'aime parce que tu es *toi*. C'est d'ailleurs pour cela que nous sommes partenaires. Je n'éprouverais pas ce que je ressens au fond de moi pour une parfaite inconnue qui ne me conviendrait pas entièrement. Quelqu'un qui n'apporterait rien à mes talents, qui n'apprécierait pas ce que j'aime. Ça n'a rien d'un raccourci vers le bonheur car nous allons devoir nous battre pour y parvenir, mais nous sommes faits l'un pour l'autre. Et c'est ce que signifie être partenaires.

Stop. Il se leva et la porta jusqu'à la chambre. Cette fois-ci il la lâcha, ou plutôt il la mena vers le lit.

Tessa se tortilla avec une grâce féline et atterrit à quatre pattes, un sourire radieux illuminait son visage.

— Comme je te l'avais dit, tu écoutes tout le temps.

~

Un incroyable mélange de chagrin et de joie la submergea.

Elle avait vraiment tout gâché, pourtant il ne lui en voudrait pas. De cela elle était certaine.

Tessa s'assit sur ses talons et le regarda attentivement qui attendait patiemment, comme d'habitude.

— Te souviens-tu que je t'ai dit, que parfois je n'avais pas l'impression d'avoir réussi ?

Il acquiesça d'un hochement de tête.

— Mais ça ne change pas les faits. Je suis douée dans ce que je fais. J'ai les compétences requises, j'ai l'énergie et l'enthousiasme nécessaires et je m'efforce d'accomplir les choses.

Il y avait de la distance entre eux, mais l'espoir éclaira son regard, juste un éclat d'espoir qui traversa son visage.

— Sentiments et réalité ne sont-ils pas toujours la même chose ?

— Non.

Elle avait tellement d'incertitudes, seulement elle avait été idiote d'ignorer les réalités de leur situation.

— Mark, tu es un loup.

Il fit une grimace pour essayer de dissimuler son sourire.

— Euh, oui. Tu l'as déjà dit.

— J'aurai peut-être besoin de le répéter plusieurs fois, juste pour bien me le mettre dans mon crâne de félin. Tu es un loup *et* tu m'aimes. Nous sommes partenaires et cela ne changera pas pour toi.

Ses yeux sombres pétillèrent.

— Nan. Enfin, ça va se renforcer, cette partie *je suis amoureux de toi*.

Son assurance, cette fois-ci, la fit frissonner, et c'était l'ultime signe qu'elle attendait pour aller de l'avant. Alors, comment dire cela sans avoir l'air d'une diva, d'une fille bizarre ou d'une connasse ? La dernière chose qu'elle voulait, c'était d'effacer le bonheur qui naissait sur son visage.

Elle releva les épaules et décida de jouer la carte de l'honnêteté.

— Pour reprendre ce que tu as dit, ça va également se renforcer pour moi. La partie *je tombe amoureuse de toi*.

Mark prit une inspiration.

Elle se hâta avant qu'il ne puisse l'interrompre.

— Comme je suis un félin ?... Mes sentiments ne fonctionnent pas comme les tiens. Je veux dire, nous nous sommes rencontrés il y a à peine une semaine, alors que je sois amoureuse de toi n'aurait pas de sens. Cependant, cela ne signifie pas que je ne suis pas en mesure de faire le bon choix tout de suite.

En deux mouvements elle se retrouva au bord du lit où elle attrapa sa boucle de ceinture d'une main pour l'attirer à elle. Son sourire hésitant s'était affirmé... tout comme s'affirmerait l'amour qui les unissait. Elle en était certaine à présent.

— Je *choisis* d'être ta partenaire, Mark. Je choisis d'accepter tout l'amour dont tu m'as inondée, et je vais m'évertuer à commencer à écouter les façons tranquilles et appliquées que tu as de me le dire. Je vais laisser venir les sentiments quand ils se présenteront, mais en attendant ?

Elle leva des yeux qui reflétaient toute l'admiration qu'elle ressentait pour lui. Et tout son désir, également.

— Je pense que tu es vraiment incroyable et je serais honorée d'être ta partenaire. J'ai tellement hâte de t'aimer autant que le loup en toi m'aime déjà.

L'espace d'un terrible et horrible instant, Mark ne bougea pas. Tessa hésita à répéter sa confession, mais cela lui sembla tellement...

Il bondit.

Tessa lâcha un petit cri lorsqu'il l'étala sur le matelas, l'écrasa de tout son poids en cherchant ses lèvres.

Lorsqu'il leva la tête suffisamment pour qu'ils puissent tous les deux prendre de l'oxygène, son léger sourire avait fait place à un sourire radieux.

— Il a fallu que je tombe amoureux d'un félin.

Elle aurait juré que le puma en elle était fier. *Stupide bestiole.*

— Tout cela te convient ?

Il hocha la tête.

— Que tu aies fait ton choix ? Ça m'épate, et je ferai en sorte que tu ne le regrettes jamais.

— Tous les chats ne sont pas si mal, tu sais...

Il y avait juste ce qu'il fallait comme distance entre eux. Elle se dévêtit complètement plus vite que son loup insistant ne puisse le demander.

Il lâcha un grognement ravi.

— Super truc.

Puis il ne fut plus temps de parler. C'était l'heure d'agir, de donner à leur autre facette, et de donner à Mark ce qu'il avait attendu avec autant de patience. Tessa l'attrapa par le cou et l'attira contre con corps nu.

Elle tira sur ses vêtements pendant qu'ils s'embrassaient, avec leurs langues, leurs dents et leurs lèvres, leurs halètements fiévreux résonnant dans la pièce.

Mark lui lécha le cou et Tessa frissonna en protestant.

— Tu as beaucoup trop de vêtements.

— Le seul moyen pour que je tienne plus de trente secondes.

— Nous pouvons le faire une autre fois, fit-elle remarquer.

— Nous le referons, promit-il. Encore, et encore, et encore. Mais cette première fois ?

Il se baissa pour vénérer ses seins, et le plaisir de Tessa s'embrasa.

Il n'avait pas besoin de tout savoir sur elle tout de suite. Elle-même ne savait pas tout sur elle : elle avait cru qu'elle ne savait pas cuisiner, mais elle avait réussi à apprendre. Si elle changeait et grandissait, alors ils pourraient changer et grandir ensemble, en tant que partenaires.

Il la mordillait juste comme il le fallait, et les fourmillements se transformèrent en véritables pulsations dans tout son corps.

— Tu vas me marquer, n'est-ce pas ?

— Partout. Comme si tu étais mon jouet à mâcher personnel.

Il mordilla le côté de son sein puis s'en suivirent des décharges de plaisir sexuel qui la soulevèrent du lit.

Mark attrapa ses hanches et la garda dans cette position, lui léchant le ventre jusqu'à son nombril et son bassin. Puis le pli chatouilleux entre la jambe et le torse. Un souffle frais caressait tous les endroits qu'il touchait et elle eut la chair de poule sur tout le corps.

— Hmmm, tu sens délicieusement bon.

Elle se redressa sur ses coudes à temps pour qu'il puisse inhaler profondément avec une expression de total extase.

Tessa retint sa respiration lorsqu'il glissa un doigt entre ses plis. Elle se mordit la lèvre tandis qu'il baissait la tête.

Puis elle perdit complètement la tête lorsqu'il la goûta de sa langue.

Elle s'effondra sur le lit, ouvrit les cuisses aussi grand que possible et se prépara à l'explosion qui allait certainement arriver. Chaque coup de langue était comme une de ces anciennes minuteries dont les chiffres tombent un par un.

Un coup de langue.

Un autre, cette fois au centre de ce nid de nerfs douloureux sur lequel elle voulait qu'il se concentre. Tessa passa les doigts dans ses cheveux pour essayer de le maintenir à un endroit précis, mais il ricana fort et la lécha plus profondément, dans son corps, gémissant en lapant son sexe.

Il semblait tellement concentré qu'elle fut surprise par un autre contact. Elle regarda entre ses paupières semi-closes et comprit d'où venait cette incroyable sensation.

Il avait posé sa main à plat sur le bas de son ventre, le pouce positionné sur son bouton d'amour. Tout en continuant de lécher, il appuyait, de petits cercles centrés sur son détonateur.

Tessa cria son prénom en jouissant, manquant d'air alors qu'il recommençait à nouveau jusqu'à ce que les pulsations et le manque d'air ne risquent de la faire s'évanouir.

Mark se releva juste assez pour enlever sa chemise, et elle éclata de rire en apercevant les mots écrits sur son torse.

— Je n'arrive pas à croire que tu m'aies laissé écrire comme ça sur ta peau.

Il s'était débarrassé de son pantalon et de son caleçon et rampa jusqu'à elle, le sexe en érection. Il prit sa main et la posa sur les lettres bleues.

— C'est vrai. Je t'appartiens.

Pas encore, mais presque. Le félin en Tessa fit le beau et s'agita, satisfait par ses orgasmes, mais en désirant plus. Elle tendit la main entre eux et ferma les doigts autour de son membre avec précaution, adorant la dureté de son sexe associé à la douceur de la peau.

— Pas de préservatif.

Il secoua la tête.

— Comme tu veux. En tant que métamorphes ça nous va, mais...

— Je suis un félin. Je ne peux pas tomber enceinte tout de suite.

Ses yeux se révulsèrent lorsqu'elle le masturba, jouant avec la pression et la vitesse.

Mark agrippa son poignet.

— Arrête.

Ouah.

— Comment fais-tu pour parler entre tes dents, comme ça ?

Il sourit et se pencha pour l'embrasser jusqu'à ce qu'elle ressente des fourmillements dans tout son corps. Il roula sur elle, lui ouvrit les jambes avec ses genoux.

— Regarde-moi, lui intima-t-il.

Tessa ancra son regard dans le sien pendant que son sexe glissait entre ses plis intimes. Elle ressentit de la chaleur, de la pression et quelque chose d'autre, comme une surcharge de plaisir. D'appartenance.

À lui.

Ensemble.

Mark s'inséra totalement en elle. Tessa leva les jambes autour de sa taille et gémit de plaisir.

— Ça. Ce n'est qu'un début. Mark recula son bassin si lentement, son sexe excitant les parfaites zones en elle. Il se balança en avant et elle haleta, sous la force de son intrusion.

Tout le temps qu'il la possédait, il l'observait. Son regard se promenait sur son visage et sa poitrine. Était-il en train de la mémoriser avec appétit ? Quoi qu'il en soit, Tessa était en feu. Jamais elle n'avait ressenti ça. Quelque chose de plus profond qu'un lien physique la submergea. Les rapprocha.

Mark l'embrassa sans jamais rompre le rythme. Ses poussées étaient plus fougueuses à présent, son souffle caressait ses joues. Son membre était un pieu de plaisir qui la prenait, encore et encore. Tessa s'arc-bouta pour participer au mouvement, elle serra ses cuisses, appuyant ses talons contre ses fesses jusqu'à ce que le bruit de leurs corps résonne dans la pièce. Respirations haletantes, mouvements frénétiques.

Un élan de plaisir l'aveugla lorsque tout en elle explosa, et qu'elle se serra autour de lui pour provoquer son orgasme. Mark posa ses dents sur son cou, la mordit et...

Pas de feu d'artifice. Pas de lumières tournoyantes. C'était comme se jeter dans le vide en sachant qu'il y avait un filet de sécurité pour la rattraper. Mark était ce filet. Mark serait toujours là pour la rattraper. Une chute libre, une poussée d'adrénaline, qui faisaient frissonner le félin en elle et qui poussaient son côté humain à s'agripper à ses épaules et à se balancer.

— *C'était purement génial...*

Elle avait voulu le dire à voix haute, mais elle n'entendit pas les mots.

Pourtant, Mark s'était raidi, comme si elle avait parlé. Tous ses muscles s'étaient tétanisés, ses dents dans son cou et son sexe en elle. Il jouit, en gémissant tandis qu'il poussait pour se libérer.

— *Tessa, bon sang, je n'arrive pas à y croire.*

Elle était trop fourbue de plaisir pour sautiller d'excitation.

— *Ouah... Je t'entends dans ma tête.*

Mark la lécha. Posa ses lèvres sur la zone qui irradiait des ondes qui indiquaient que quelque chose... d'autre... venait de se produire.

— *C'est le lien qui unit les partenaires. Tu m'appartiens.*

Tessa lui donna des petits coups de tête jusqu'à ce qu'il se tourne pour que leurs lèvres se touchent. Ça semblait le moment parfait pour s'embrasser.

— *Je crois que cela signifie que tu m'appartiens. Après tout, c'est sur toi que c'est écrit.*

Mark gloussa.

— Pure sémantique.

Elle secoua vigoureusement la tête.

— *Pas du tout. Pour un félin, la propriété c'est tout. Tu m'appartiens.*

Tessa ondula du bassin, heureuse de découvrir qu'une autre des histoires qu'on lui avait racontées à propos des loups et des partenaires n'était pas une légende.

— Hmm, tu es à nouveau en érection.

— J'ai remarqué, répondit Mark en soupirant avec lassitude. J'imagine que nous allons devoir recommencer et y mettre plus d'ardeur.

Tessa éclata de rire avant de lui prendre le visage entre ses mains.

— Je suis ravie d'être à toi. Et je t'aimerai plus encore au fil du temps. Si cela te convient.

Son sourire aurait été une réponse suffisante, elle apprenait vite et avait compris qu'il était important d'écouter ce que signifiaient les actions.

Pourtant, elle ne pouvait nier que les mots murmurés grâce à leur lien de partenaires la rendait très heureuse.

10

Décembre

Mark adressa un signe de tête au copain de meute qui venait de franchir la porte d'entrée.

— À l'étage. Troisième étage. Apporte le plat dans la cuisine et le sapin dans la salle commune.

Il passa la tête par la porte d'entrée un instant. Le vent du nord qui soufflait en hurlant sur la grosse couche de neige lui faisait apprécier d'autant plus la chaleur de la maison derrière lui. Il se précipita dans l'escalier et pénétra dans la salle de réception bondée. Le bruit joyeux des conversations et des rires rivalisait avec les chants de Noël et le crépitement du feu.

Tessa traversa la pièce pour se mettre à ses côtés. Elle lui donna un baiser gourmand sur la joue, l'enlaçant avec tant de naturel qu'il soupira de bonheur.

— Tous les gens que tu as invités sont là ? demanda-t-il en balayant la pièce du regard. On dirait que toute la meute est venue.

Elle fit un mouvement de tête sur le côté.

— Tes grands chefs avaient d'autres engagements et n'ont pas pu venir, mais ouais, je crois que tous les autres ont répondu à l'appel. Belle fréquentation pour notre première soirée.

— *Tu as fait un travail fantastique. Merci d'avoir si bien accueilli ma meute.*

Elle lui fit un sourire rayonnant.

— C'est également ma meute, à présent, tu sais.

C'était exact. On ne savait comment elle avait réussi à tous les ensorceler. Que ce soit parce que Tessa et elle étaient définitivement partenaires, ou parce qu'elle refusait de reculer devant les problèmes, les choses s'étaient bien combinées. Il y avait bien eu quelques démonstrations d'autorité au sein de la meute, pourtant jamais Tessa n'avait perdu son sens de l'humour.

Les loups appréciaient cela.

Tessa lui donna un autre petit coup de coude.

— Merci d'avoir invité mon frère à passer Noël avec nous, il s'éclate complètement.

Elle fit un signe vers un coin où le grand puma blond était affalé dans un fauteuil, partiellement dissimulé par les louves qui lui faisaient les yeux doux. Et encore plus incroyable, il y avait également une demi-douzaine de membres masculins de la meute autour de lui, et aucun d'entre eux ne menaçait de le massacrer parce qu'il draguait.

Incrédule, Mark secoua la tête.

— Comment parvient-il à se permettre ça ? Je suis étonné que personne n'ait menacé de le balancer dans un précipice.

Tessa haussa les épaules.

— Il déborde de charme.

Mark enlaça sa partenaire et balaya la pièce du regard, heureux et stupéfait de constater comme quelques mois avaient fait la différence.

Non seulement elle avait transformé le bateau à roues en un B&B accompli, mais plus encore en un foyer. Ils l'avaient fait ensemble.

La longue table que Tessa avait dessinée pour qu'il la crée et qui mettait en valeur la pièce pleine de fenêtres, les lumières sur le balcon qui illuminaient l'obscurité le ciel nocturne de décembre. À droite, devant le feu de cheminée, papy se balançait tranquillement, entretenant magistralement ses acolytes.

La cuisine n'avait pas beaucoup changé, sauf qu'à présent elle était remplie de loups qui s'affairaient autour des boissons et des plats, et qu'elle résonnait de rires et du tohu-bohu qu'il avait souvent entendu à la maison de la meute, mais jamais ici chez lui.

Du moins jusqu'à ce que Tessa arrive.

Il la serra plus fort contre lui, appréciant sa présence. Ici où elle devait être. Ensemble.

— J'ai besoin de ton avis à propos de quelque chose.

Elle le tira vers la cuisine en souriant aux loups qu'elle croisait et en répondant à leurs taquineries.

— Allez, Fido, dégage de mon chemin.

Elle donna un coup de hanche à Keri. Mais gentiment, car elle devait tenir compte de son ventre gonflé.

Keri secoua la tête et tourna son ventre sur le côté.

— Si mon partenaire apprend que tu m'as encore malmenée, il va t'en faire voir de toutes les couleurs.

Tessa sortit un plateau de cookies et en offrit un à Keri.

— Ce ne sont que des menaces en l'air, et tu le sais très bien. Ton partenaire m'adore. Tous les loups de la meute de Granite Lake adorent ce petit chat, leur mascotte.

Keri prit un cookie et l'observa avec méfiance.

— Hmmm, ouais. Bien, tu as raison. Tu as réussi à faire un lavage de cerveau à tout le monde et leur faire croire que tu es la meilleure chose qui soit arrivée depuis...

— Les colliers antipuces ?

Mark réprima son envie de rire, du moins jusqu'à ce que Keri ne lève un cookie devant lui, en haussant un sourcil.

— Tu as vu ce que ta partenaire a préparé pour Noël ?

Le biscuit avait une forme d'os.

Tessa baissa le plateau, un sourire ancré sur son visage.

— Ils sont au beurre de cacahuètes avec un super croquant. Très bon pour tes molaires.

Mark regarda sur l'îlot central, et observa plus attentivement.

— Bon sang, c'est quoi ?

Tout était servi dans des gamelles pour chiens.

Il secoua la tête. Un jour ou l'autre sa partenaire irait trop loin. Mais en même temps, la meute semblait apprécier essayer de la surpasser.

— Eh, Tessa, appela TJ du salon. Je t'ai apporté une décoration.

Il leva une poignée de cierges magiques et l'agita en l'air.

Tessa sauta et traversa la pièce, s'arrêtant juste devant son copain de meute. Elle croisa les doigts dans son dos.

— J'espère que tu as l'intention de me donner ça, ou tu n'es qu'un provocateur.

TJ éclata de rire et lui en donna la moitié, avançant jusqu'au sapin avec elle pour l'aider à accrocher les décorations scintillantes.

Mark observa sa partenaire évoluer dans la pièce, discutant avec certains, plaisantant avec d'autres. Même les tensions entre Linda et Tessa avaient disparu à l'occasion de l'une des soirées entre filles que Tessa avait instaurées et où l'alcool coulait à flots, où elles s'amusaient et se racontaient des blagues salaces.

C'était ce qu'il avait entendu, car il n'y avait jamais assisté puisqu'il était banni du B&B ces soirs-là.

Elle croisa son regard, et même s'ils étaient chacun à un bout de la pièce, il avait l'impression qu'elle était près de lui. Connectés. Ils ne faisaient qu'un.

— *Tu t'amuses, mon cœur ?* demanda Mark.

Elle n'avait pas bougé de l'endroit où elle se trouvait, près de son grand-père.

— *Comme un chat dans un poulailler.*

Il lui envoya un gloussement mental.

— *Tu veux dire comme un chat dans un chenil.*

Elle sourit.

— *Attends de voir le cadeau de Pam, je lui ai acheté un très joli collier pour chien.*

Mark fronça les sourcils.

— *Mais Pam est humaine... oh.*

Il regarda TJ et éclata de rire. Une chose était certaine, Tessa savait comment pimenter une fête.

LE FEU de cheminée n'était plus que des braises ardentes. Il y avait du papier cadeau partout par terre et qui dépassait de sous le canapé. Tessa se pencha sur le torse de Mark et soupira de bonheur.

— C'était une fête fantastique, si moi-même je te le dis.

Son partenaire se contenta de répondre par un hmm absent, alors elle se tortilla pour le regarder.

Mark ouvrit péniblement un œil.

— Oui, géniale. À présent nous allons entrer en saison paresse-relaxation, pas vrai ?

Elle feignit de manquer d'air.

— Paresse ? Tu veux dire que tu n'as pas envie de faire plus de rénovations ?

Il grogna tout en l'attirant contre son corps et l'installant confortablement.

— Nous avons tout fini, mon cœur. La maison est prête pour le printemps. Tu commences déjà à avoir des réservations, et nous avons tout le mobilier. Les gens n'arriveront pas avant quelques mois. Alors c'est complètement le moment de se relaxer.

Tessa joua avec ses boutons.

— J'imagine que oui. Si tu insistes.

Un ricanement lui échappa.

— Que dirais-tu de revenir à l'époque où tu dormais douze heures d'affilée ? Je ne serais pas contre.

— Tu sais que ça n'arrivera pas, répondit Tessa en résistant à l'envie de lui donner un petit coup de coude. Et ce n'est pas très gentil de ramener ça sur le tapis. Je ne savais pas que le félin en moi provoquait cet état.

Il releva son menton et l'embrassa lentement, prenant son temps comme s'il voulait illustrer l'idée de passer en mode ralenti.

Elle ne résista pas. Il embrassait trop bien, et cette adorable distraction lui plaisait beaucoup trop pour qu'elle se plaigne.

— *Je t'aime.*

Mark grogna de plaisir en entendant ses mots.

Le fait qu'elle réussisse à le dire avec une totale sincérité avait un goût de paradis. Il ne se lassait pas de l'entendre le lui répéter.

Elle effleura sa joue de ses lèvres et le dit à voix haute, juste pour donner plus de force.

— Je t'aime totalement. Je t'aime, je t'aim...

Il écrasa sa bouche sur la sienne, et cette fois-ci sans aucune lenteur.

Lorsqu'ils s'écartèrent enfin pour respirer, ils n'avaient plus de vêtements.

Étrange.

Tessa colla son corps nu contre le sien, appréciant la chaleur du feu et la brume rose-rouge qui les enveloppait alors qu'ils étaient étendus sur le tapis épais.

Cela faisait des mois qu'ils étaient partenaires, à présent, et le lien qui les unissait s'améliorait de jour en jour. Heureusement qu'il y avait les amis qui n'arrêtaient pas de parler et les partenaires qui n'abandonnaient pas.

Mark serra son épaule nue, apparemment aussi fasciné qu'elle par le feu de cheminée.

— Ouaip. Le félin en toi savait depuis le début que nous étions faits l'un pour l'autre. Il se blottissait et faisait des sommes pour tenter de convaincre ton côté humain de ralentir et d'accepter les choses comme elles devaient arriver. T'ai-je dit récemment combien j'apprécie le félin qui est en toi ?

Tessa ne résista pas au désir. Elle se métamorphosa, là dans ses bras, ce qui signifiait qu'il avait un gros puma lové contre lui.

Il sursauta.

— Très amusant.

— *Eh bien, tu as dit que tu appréciais le félin en moi...*

Il ne lutta pas quand elle le lécha, un gros coup de langue du style toilettage qui satisfaisait son instinct de félin. Ensuite, alors qu'il riait encore, elle reprit sa forme humaine et décida de satisfaire leur côté humain à tous les deux.

Partenaires. Qui aurait dit qu'ils pouvaient être si amusants ?

ÉPILOGUE

Juin suivant

Mark se gara sur un des emplacements « Réservé à la Direction », et gloussa en remarquant qu'une fois de plus on avait ajouté un commentaire sur son panneau.

Pleine d'humour, son chaton avait continué à faire bon usage de ses marqueurs depuis qu'ils avaient terminé la zone de parking. Cette fois-ci, au lieu d'avoir écrit « Les Ours ne sont pas acceptés » ou « *Lou, ouh ouh* » suivi d'une petite étoile indiquant que c'était *la place de Mark*, aujourd'hui Tessa avait choisi d'aller droit au but.

Des lettres majuscules indiquant audacieusement :
BON CHIEN

Ils avaient pris la décision de ne pas louer le B&B intégralement tous les jours de la saison. Tessa avait suggéré de laisser des plages vides, et comme toutes les suggestions de sa partenaire, Mark était heureux de les suivre. Le calendrier indiquait une ligne barrant une semaine en juin et une autre en septembre, et même s'ils risquaient de perdre des gains, Tessa avait fait remarquer qu'il était important de prendre une semaine pour souffler et pour passer du temps ensemble.

Rien que le fait qu'elle réussisse à suggérer de faire une pause était un miracle en soi.

Pourtant, le nombre de voitures sur le parking ainsi que le volume sonore qu'il percevait en montant l'escalier, lui laissaient présager qu'il risquait de ne pas y avoir de temps en tête à tête, au moins pendant un moment. Un événement spécial s'était de toute évidence présenté depuis qu'il l'avait embrassée, quatre heures plus tôt, avant de partir donner un coup de main à Jared pour s'occuper de la chambre d'enfant que Keri et lui s'attendaient à remplir à tout moment.

Mais, comme Mark l'avait appris au fil des mois, *partout* où se trouvait Tessa devenait un lieu de fête.

En plus du bruit de voix, il perçut des odeurs alors qu'il se hâtait de monter à l'étage en se demandant qui pouvait bien investir sa maison au milieu de la journée. Keri était là, ainsi que la plupart des autres femmes de la direction de la meute. Par un charmant coup du sort, il était avéré que Tessa était douée pour apprendre le langage des signes, aussi Robyn et elles étaient à présent comme les deux doigts de la main.

Même si, en toute honnêteté, les interprétations que faisait Tessa de ce que Robyn disait laissaient parfois à désirer.

Ainsi Tessa s'était laissé envahir par les femmes de la meute. Il sourit. Il adorait le fait que sa meute l'aimait aussi.

Comme il s'y attendait, Mark fut accueilli au haut des marches par une horde de petits bonhommes. La demi-douzaine de femmes de la meute avaient amené leurs progénitures avec elles, aussi lorsqu'il enjamba la barrière qui sécurisait le dernier étage, il fut encerclé par des mioches hurlant son prénom avec enthousiasme.

Mark se mit à genoux et leva les bras en l'air en feignant de crier de peur.

— Oh, non. Des loups m'attaquent !

Des éclats de rires retentirent alors que sept miniatures lui sautaient dans les bras et sur son dos. Le petit Jamie, fils des Omégas, grimpa sur ses épaules comme un chat et attrapa les oreilles de Mark comme s'il s'agissait de rênes.

Mark saisit les poignets du petit chenapan pour ne pas se faire peler comme une banane.

— Holà, cow-boy. Celles-ci restent attachées à ma tête !

— Les cookies sont prêts.

L'annonce résonna dans la pièce, et la troupe turbulente abandonna Mark pour de plus verts pâturages.

Il jeta un œil vers la cuisine et aperçut Missy, l'Oméga de la meute, qui lui souriait.

Mark se frotta les genoux et se dirigea vers elle.

— Merci de m'avoir sauvé.

Elle lui tendit deux cookies.

— Désolée pour l'enthousiasme de mon fils, répondit-elle.

— Je n'interromps pas un événement particulier ? demanda Mark.

— Pas vraiment, répondit-elle.

Puis son sourire se figea légèrement.

— Oups, on dirait que quelqu'un n'est pas très heureuse.

Ils regardèrent tous les deux dans la pièce, Mark se concentrant immédiatement sur sa partenaire. Le lien qu'ils partageaient lui permettait de la localiser facilement, aussi son regard se posa-t-il instantanément dans le coin où elle discutait entourée d'admirateurs. Un groupe de trois anciens, dont papy faisait partie, fixaient leurs cartes avec attention tandis que Robyn et Tessa se faisaient face.

Elles ne souriaient pas.

Ho ho. À en croire le regard glacial de Robyn, quelque chose clochait, ou quelque chose allait *vraiment* mal.

— Je m'en occupe, dit-il à Missy. Empêche la cavalerie d'intervenir.

Il s'avança d'un pas tranquille pour éviter d'attirer l'attention, même s'il mourait d'envie d'arriver le plus vite possible. Dès qu'il le put, il posa une main sur l'épaule de Tessa et se pencha pour lui frotter le cou du bout de son nez.

— Tu te comportes comme il faut, mon cœur ?

Robyn leva les mains et commença à signer rapidement, de toute évidence pour se plaindre, même si Mark n'en comprenait pas la majeure partie.

Tessa fit la traduction.

— Elle dit que « Je ne t'abandonnerai jamais. Jamais je ne te laisserai tomber. Je ne vais pas courir et t'abandonner. »

Les mains de Robyn se calmèrent un instant avant de reprendre de plus belle, comme si elle parlait avec plus d'intensité.

— « Je ne te ferai jamais pleurer, je ne te dirai jamais au revoir... »

Mark bâillonna Tessa avec sa main en luttant pour ne pas rire.

— Tu ne viens quand même pas de nous torpiller ?

Elle cligna des yeux de manière innocente.

— Ce que je voulais dire, c'est que Robyn pense que je suis le meilleur petit félin de cette planète.

L'Alpha de la meute croisa les bras, inclina la tête et nous fixa d'un regard glacial.

— Ou bien... peut-être a-t-elle dit qu'elle pense que je triche. Les signes pour ces deux choses se ressemblent beaucoup.

À ce moment les trois messieurs à la table levèrent les yeux de leurs cartes et regardèrent Mark, puis hochèrent la tête avec sérieux avant de retourner leur attention vers leurs jeux.

Seul papy avait esquissé un clin d'œil avant de rebaisser la tête sous le regard insistant de l'Alpha en colère.

Mark s'estimait heureux car premièrement, ce n'était pas après lui que Robyn était en colère. Deuxièmement, le fait que c'était sa partenaire qui risquait de se prendre un coup de pied au derrière, et le loup en lui était prêt à affronter quiconque pour elle, même son Alpha s'il le fallait.

C'étaient les raisons pour lesquelles il trouva la force de se maîtriser et de faire une proposition.

— Il y a des cookies tout chauds. Messieurs, pourquoi ne feriez-vous pas une petite pause de vos cartes ?

Trois chaises se vidèrent d'un coup lorsque papy et ses deux acolytes disparurent à un endroit plus sûr, près de Missy et des cookies chauds.

Mark tendit un cookie à Robyn.

— Ça, c'est pour toi.

Robyn les fixait toujours, mais son nez frétilla. Elle laissa échapper un gros soupir avant d'agiter un doigt en direction de Tessa tout en acceptant l'offrande de Mark.

— Tu m'as apporté un cookie ? demanda Tessa tout en douceur et légèreté.

Mark s'installa dans la chaise près d'elle, gardant une main sur sa nuque au cas où elle décide de s'éclipser avant qu'ils aient fini.

— Tessa. Oublie les cookies. Pourquoi trichais-tu ?

Elle prit un air offusqué en mettant ses mains sur ses hanches.

Il la regarda à nouveau avec *insistance*.

— Si Robyn pense que tu triches, c'est probablement vrai, dit Mark en lançant un regard d'excuse à son Alpha avant de revenir à Tessa. Non pas parce que je lui fais plus confiance qu'à toi, mais simplement parce qu'il s'agit de... *Robyn*.

Tessa ricana, mais hocha la tête.

Mark poursuivit.

— Mais je sais également ceci. Je suis persuadé que tu avais une *excellente* raison de tricher.

Sa partenaire soupira bruyamment et se tourna vers Robyn.

— Il est trop méchant. Il va me forcer à avouer ce que je faisais.

Les sourcils de Robyn se levèrent et elle signa :

— Tu m'étonnes !

Tessa jeta un coup d'œil par-dessus son épaule avant de se lever de sa chaise, se déplaçant à l'autre bout de la table en baissant la voix. Elle se mit à signer tout en donnant doucement son explication.

— Je trichais à cause de ceci...

Elle se baissa hors de vue pendant un instant puis se releva et fit glisser sur la table un gros tas de cartes. Elle leur montra des as, des rois, des reines, beaucoup plus nombreux que dans un jeu de cartes normal, et les ramassa rapidement et les dissimula.

— Tessa ? s'écria Mark incrédule. Où se trouvaient ces... cartes supplémentaires ? Qui les a mises là ?

Robyn fit une rapide grimace avant d'éclater de rire. Elle se leva de table et prit Tessa dans ses bras et la serra très fort. Elle s'écarta, caressa la tête de Tessa et se mit à signer si rapidement que Mark ne comprit rien.

Tessa sourit, mima le fait de fermer sa bouche et de jeter la clé.

Robyn tapota l'épaule de Mark puis retourna vers le groupe qui se trouvait dans la cuisine.

Problème évité ! Même si Mark n'était pas sûr de comprendre ce qui venait de se passer exactement, mais ça n'avait rien d'exceptionnel. Sa vie était un tourbillon sans fin, et il ne souhaiterait pas qu'elle fut autrement. Mais quand même...

— Tessa ? Tu veux bien m'expliquer ?

Elle se glissa sous son bras, se lova contre son corps en parlant doucement.

— Papy passait une mauvaise journée, alors j'essayais de le faire sourire. Aucun des gars n'arrive vraiment à bien mélanger les cartes, donc Robyn et moi l'avons fait à tour de rôle à leur place, et je m'arrangeais pour glisser des cartes supplémentaires dans le jeu pour qu'il ait de meilleures mains.

— Tu trichais pour donner des mains gagnantes à *papy* ?

— Oui oui.

— Tricheuse ! Oh, mon cœur, c'est tellement gentil, mais pas une très bonne idée. Et si ça agaçait les autres joueurs ? demanda-t-il en fronçant les sourcils. Attends. Ça n'explique pas le paquet de cartes dissimulé sous la table.

Tessa haussa les épaules.

— Ton grand-père a des copains sympas. À chaque fois ils m'aidaient à rassembler les cartes, ils sortaient les cartes supplémentaires et les cachaient pour que Robyn ne remarque rien.

Sa partenaire était vraiment consciencieuse, même concernant les problèmes.

— En fait, la seule personne qui ne trichait pas à cette table, c'était ... Robyn ?

Tessa sourit.

— Tout va bien. Elle vient de me dire qu'elle me pardonne si je ne le refais plus, et si je joue avec elle la prochaine fois que nous jouerons aux petits chevaux.

Mark éclata de rire et posa un baiser sur ses lèvres tandis qu'elle l'enlaçait. Puis il resta ainsi, son bonheur dans les bras, à regarder chez lui avec plaisir. La maison était remplie de membres de la famille, d'amis, de membres de la meute, et Tessa... son amour, son cœur et son âme.

Il avait tout ce dont on pouvait rêver, et tellement plus à venir.

Sa partenaire ronronnait doucement dans ses bras, la tête posée contre son torse.

— J'adore faire partie d'une meute, murmura-t-elle. Mais plus que tout, j'adore que tu sois tout pour moi.

La situation était trop parfaite pour lutter, alors Mark ronronna à son tour.

Vivian Arend, auteure de best-sellers au *New York Times*,
vous présente une série de novellas légères au rythme
enlevé, indépendantes les unes des autres, avec des couples
prédestinés et des fins toujours heureuses.

Les Loups de Granite Lake
tome 1 : Le Langage du loup
tome 2 : L'Escapade du loup
tome 3 : Les Jeux du loup
tome 4 : Les Traces du loup
tome 5 : Le Territoire du loup
tome 6 : La Morsure du loup

Vivian fait actuellement traduire ses nombreuses séries.
Merci de consulter son site web pour toutes les dernières
informations.
www.vivianarend.com/fr

À PROPOS DE L'AUTEUR

Avec plus de 3 millions de livres vendus, Vivian Arend est une auteure de best-sellers figurant aux classements du New York Times et de USA Today. Elle a écrit plus de 70 romances contemporaines et paranormales.

Ses livres sont des romans intégraux qui peuvent se lire indépendamment de toute série et ne se terminent pas sur un suspense. Ce sont des histoires pleines d'humour et d'émotions, avec des moments sensuels et des fins heureuses. Vivian estime avoir le plus beau métier au monde. Elle habite en Colombie-Britannique, au Canada, avec son mari depuis plusieurs années (l'inspiration de chacun de ses héros et un compagnon volontaire pour toutes sortes d'aventures).